Tiara Label

ティアラ文庫

この独占欲は想定外です!?

天才伯爵様は可愛い新妻をめちゃめちゃ溺愛したい

月神サキ

プランタン出版

-Contents-

※本作品の内容はすべてフィクションです。

序章　いつも通りの日々

「……セイリール、どこにいるのかしら」

護衛をひとり連れ、額に滲む汗を拭いながら、山道を登る。

獣道《けものみち》というわけではないが、それなりに険しい道のりを進むのにはもう慣れた。

柔らかいピンク色の髪をポニーテールにするのも、膝丈のワンピースを着て編み上げのブーツを履くのも、山道を行くには必須だ。

大きなバックパックを背負い、土を踏みしめる私は絶対に貴族令嬢には見えないだろう。

実は、それなりに由緒ある家の出だったりするのだけれど。

私、レイラ・ルーリアは、ラクランシア王国にあるルーリア伯爵家の娘だ。

女は私ひとりだが、兄と弟がいて、兄の方はすでに結婚して子供もいる。

私ももう二十一歳。

そろそろ本格的に結婚を視野にいれなければならないのだけれど、残念ながらまだそういった話はないし、ないことに安堵もしている。

それは何故か。

私は、十年ほど前からとある人物に恋をしているのだ。

◇◇◇

「見つけた」

ひたすら山を登り続けること三時間。

途中、なんとなく道を逸れ、そうして木々の奥に小さな洞窟を発見した。

普通なら、こんな場所にある洞窟に興味を示しはしないだろう。だが、私には予感があったのだ。

ここに彼がいるという予感が。

「ここで待っていて」

護衛に声を掛ける。彼が頷いたのを確認してから私は洞窟に向かって声を張り上げた。

「セイリール！」

返事はない。洞窟は私の身長よりも少し高いくらいで、大人ふたりが並んで通れる程度の大きさだった。

「……今からそっちに行くから」

相変わらず応答はなかったが、気にせず洞窟の中に足を踏み入れる。コウモリや虫がいたら嫌だなと思ったが、幸いにもその類いは姿を見せなかった。

十メートルほど歩く。少し先は行き止まりになっているようだ。そこにはひとりの男がいて、地面に足を投げ出した体勢で心地よさそうに目を瞑《つぶ》っていた。

——見つけた。

私の捜し人。セイリール・ノルンだ。

「セイリール」

もう一度名前を呼ぶも、彼は目を開けようとすらしない。

いつものことなので気にせず、その側へと行った。バックパックから敷物を取り出し、彼の隣に敷く。

並んで座り、彼に目を向ける。彼——セイリールはとても上機嫌だ。目を瞑っていても、付き合いの長い私には分かる。

「……あと、一時間したら帰るから」

「……分かりました」

問答無用で帰りの時間を告げると、ややあって返事があった。

やっぱり故意に無視していたのだ。

周囲を見回す。洞窟内は暗かったが、入り口から光が届いているようで、真っ暗というほどでもなかった。

「……」

黙ってセイリールを見つめる。

セイリール・ノルン。

今年二十八歳になる彼はノルン伯爵家の次男で、昔から天才と皆に認識されている人物だ。

誰よりも優秀で、一を聞くまでもなく十を知っている。それが彼という男なのである。

そんなセイリールは現在、ラクランシア王国国王の相談役という地位を得ている。

宰相ハイネ・クリフトンと並ぶ、国王が最も信頼する部下のひとり。

その彼がどうして洞窟にひとりきりでいるのか、ちゃんと理由はあるのだけれど、今は置いておく。

彼を連れ帰れなければ、話にならないからだ。

私が見ていることには気づいているだろうに微動だにしないセイリールは、相変わらず目を閉じ、何が嬉しいのか口元を楽しげに緩めていた。

——はあ。

とりあえず暇なので、セイリールを観察することにする。

彼の容貌はとても整っているので見応えがあるのだ。

目を瞑っていても美しいと分かる造作。だが、鋭い感じはなく、むしろ甘く柔らかい印象を与える。事実、彼は穏やかな物言いをする人で、誰かに怒鳴ったりというようなことは殆どしない。

長い黒髪を後ろでひとつに束ねた彼は、丈の長い上衣にシャツ、長ズボンという、いわゆる貴族服と呼ばれる、登城時の格好をしていた。とてもではないが、山登りに適した服装とは言えない。

おそらく、勢いで出てきたのだろう。

彼の横には口を縛っただけの白いずたぶくろが置いてあった。長年の経験から中身が食糧であることは知っている。どうやら最低限のものくらいは持ってきていたようでホッとした。

「帰るわよ」

きっちり一時間待ってから再度セイリールに声を掛ける。今度は彼は目を開けた。

少し垂れた黒い目が私を捕らえる。

「はい」

「あなたがいなくなるたびに、私に声がかかるんだからね。いい加減どこに行くとか、せめて書き置きくらい残していってちょうだい」

「すみません。……そこまで気が回らなくて。次回から気をつけます」

今まで散々、それこそ耳にたこができるほど聞かされた言葉だ。たぶん、次も書き置きなんか残してくれないのだろうなと悟る。

次があると確信している自分が嫌すぎなのだけれど、すでにこれは十年以上続けられてきたこと。今後もあると考える方が自然だ。

「……行きましょ」

敷物を片付け、立ち上がる。

セイリールもノロノロと私に続いた。あまり高さのない洞窟なので、長身の彼は背を曲げている。

「また妙な場所を見つけて。いい加減、遭難するわよ」

「大丈夫ですよ。そんなに危ない場所ではありませんし、それに何かあってもレイラが見つけてくれるでしょう?」

当たり前のように言われ、思わず彼の背中をはたいた。

「私は！　あなた専用の便利屋ではないの！」

何が悲しくて、伯爵令嬢の私がバックパックを背負って、山登りしつつ、とうに成人した男を捜しに行かねばならないのか。

しかもその男は私の家族でも恋人でも婚約者でもなんでもない。十年来の付き合いがある友人という関係なだけなのに。

セイリールをせっつき、洞窟を出た。そこには命じた通り護衛が待っていて、私たちの姿を認めると頭を下げた。

「帰るわよ」

ふたりに声を掛け、率先して山道を下る。

まだどこかぼうっとしている様子のセイリールに声を掛けた。

「それで？　今回は何日くらいあそこにいたの？　私があなたの家の人に捜索を依頼されたのは今朝方のことなんだけど」

「……うーん、たぶん、一週間くらい、ですかね」

「一週間。まあ、半年冬山に篭もっていた時のことを思い出せばずいぶんとマシだけど。ねえ、最近頻度が多くない？」

「そう、ですかね。僕としては少ないくらいだと思ってるんですけど」

「多いわよ」

軽口を叩きながらも慎重に山を下りていく。

セイリールの足取りはしっかりしていて不安はなかった。

持ってきた食料をきちんと摂取していたのだろう。健康面に不安がないのはとても良いことだし安心したが、先ほど彼にも告げた通り、最近、山に篭もる頻度が上がっているような気がするのだ。

ふらりといなくなることは前からだけれど、明らかにその回数は増えている。

それはいつからなのか。

セイリールは気づかれていないと思っているだろうが、私は知っている。

彼が頻繁に姿を消すようになったのは、我が国の王女であるフレイ・ラクランシア様が、ハイネ・クリフトン宰相に降嫁した直後からだと。

セイリールは、フレイ・ラクランシア王女が好きだった。

彼は長くフレイ王女に片想いしていて、だけどその想いは叶わなかったのだ。

彼女は国王命令でハイネ・クリフトンに嫁いでしまったから。

何も言わなかったけど、彼が気落ちしていることには気づいていた。

いまだその傷が癒えていないのも知っている。

言われなくたって、そんなのは察することができるのだ。

だって、私も同じだから。

——私も、恋をしている。

この、今隣を歩いている男に。

現在失恋中のセイリール・ノルン。

十年来の友人であるこの男に、私はそれこそ長い間片想いをしているのだ。

第一章　過去と今。そして未来についてのお話

――私が十歳の時の話だ。


「そういえば、ノルン伯爵家に息子が帰ってきたらしいよ」

そう父に聞かされたのは、家族全員で昼食を取り、食後のお茶を楽しんでいる時だった。

ノルン伯爵家は、お隣さんと言って良いくらいの距離に屋敷がある。

同じ家格ということもあり、それなりに交流もあった。

兄が首を傾げ、聞く。

「ノルン伯爵家ですか？　あそこの息子はオッド殿だけではなかったのですか？」

「どうやら次男もいたらしい。何やら隣国で長く静養していたそうだが、この度こちらに帰ってくることになったとか。確か……十七歳だったかな。お前より少し年上だね」

十七歳、と兄が呟く。興味が出たのか、父に詳しいことを聞き始めた。

「……名前は？　登城はするのですか？」

「ああ、その予定だそうだよ。名前は確か……セイリールといったかな」

父と兄の会話を、特に興味もなく聞く。

付き合いのある伯爵家に息子がひとり戻ってきた。それだけの話だ。正直七つも年上の男性に興味なんてないし、まだ十歳の私には、どうでも良いことでしかなかった。

弟も兄よりも年上の男性に興味はないらしく、お茶と一緒に出てきたチョコレートの方に気がいっている。

「まあ、会うこともないだろうが一応ね。お前たちには知らせておこうと思って」

父の話に頷いておく。

とはいえ自分に関係のない話だ。自室に戻る頃には、すっかり忘れてしまった。

◇◇◇

「あら……？」

「どうなさいましたか、お嬢様」

父から話を聞いてから数日後の夕方、メイドと一緒に屋敷の周辺を散歩していた私は、フラフラと所在なげに歩く男性を見つけた。

綺麗な顔立ち。だけどその表情には生気がなく、なんだか放っておけない感じがしたのだ。

年は……十代後半といったところだろうか。着ている服は遠目から見ても分かるくらいに質が良く、おそらくはどこかの貴族の子息なのだろうと思った。

「ねえ」

近づき、声を掛ける。

「お嬢様!?」

私が見知らぬ男性に突然声を掛けたことに、メイドが咎めるような声を上げた。

警戒心がないと言いたいのだろう。気持ちは分かるが、申し訳ないけど無視させてもらう。

男性は王都の中心街とは反対の方向に向かって歩いていたのだ。このままでは、王都から出てしまうし、あとは山や森しかない。

どこに行こうとしているのかは分からないが、放置して良いものとは思えなかった。

だってもう夕方だ。今、王都から出れば夜になってしまう。

「ねえ、ねえってば！」

「……なんです？」

最初は返事をしなかった男性だったが、何度か根気よく声を掛けると、ややあって立ち止まり、こちらを振り向いた。

黒曜石を思い起こさせる瞳が私を見る。ドキンと胸が高鳴ったように思ったが、私はそれを振り払い、男性を見つめ返した。

「あなた、どこへ行こうとしていたの？　そっちに歩いていっても、山や森にしか辿りつかないわよ」

「山……？　ああ、ちょうど良いかもしれませんね。……ここは想像以上にうるさくてかなわない」

「うるさい？」

眉根を寄せ、鬱陶《うっとう》しげに首を振る彼は、心なしか顔色も悪いようだ。

「……ね、もしかして調子が悪いの？　駄目じゃない。そんな様子で外へ行こうだなんて。名前は？　お屋敷は近くにあるの？」

「……」

「ねえ！」

グイグイと男の手を引っ張る。メイドがハラハラしながら私を見ていた。

彼は小さく息を吐くと、面倒そうに口を開いた。

「セイリール・ノルン。屋敷はすぐ近くにありますので、ご心配なく。放っておいていただけると助かります」

告げられた名前を聞き、目を見開いた。

「ノルン！　あなた、ノルン伯爵家の人なの？」

「……僕の家を知っているんですか」

意外そうにこちらを見てくる彼に頷く。

「殆どお隣さんみたいなものだもの。私はレイラ・ルーリア。ルーリア伯爵家の娘よ。ノルン伯爵家に息子がひとり戻ってきたって聞いていたけど、あなただったのね」

「……ルーリア伯爵家。……ああ」

怪訝《けげん》な顔をしていた彼だったが、私の身元を聞いて、納得したようだ。

「それで？　ルーリア伯爵家のご令嬢が僕に何の用なんです？」

「用も何も……もう夕方なのに外に出るのは危ないって言ってるんだけど」

「別に危なくありませんよ。ただ少し……静かなところに行きたいだけです」

「……静かなところ？」

「もういいでしょう。僕は行きますから――」

「駄目！」

咄嗟《とっさ》に彼の手を摑んだ。何故か、彼が消えてしまいそうに見えたのだ。見過ごせず、グイグイと引っ張る。

「ノルン伯爵邸なら近くだから屋敷まで送ってあげるわ。一緒に帰りましょう?」

「余計なお世話ですよ。僕は――」

「良いから! ほら、一緒に帰るの!!」

嫌がる男――セイリールの手を摑んだまま、私は彼の屋敷へ歩き出した。

一緒にいたメイドは「お嬢様……」と額に手を当て、呆れたようにため息を吐いていたが知るものか。

セイリールは抵抗していたが、私の意思が確たるものだということが分かると、大人しくなった。黙って私に引っ張られている。

「別に……君には関係ないことでしょうに」

「関係なくない。目の前にフラフラと危なっかしそうな人がいたら無視できないでしょ。もう、私より大人なんだからしっかりしてよね」

「……大人。確かに君に比べれば大人だとは思いますが」

「そうよ。私、まだ十歳なんだから。十歳相手に抵抗したりしないでね」

「はあ……仕方ありませんね」

言い聞かせるように告げると、彼はようやく自分の意思でしっかりと屋敷に向かって歩き始めた。それに安堵しつつも、声を掛けた手前放ってはおけないので、屋敷まで送り届けることにする。

「君」

屋敷までもう少しというところでセイリールが話し掛けてきた。

「何?」

立ち止まり、彼を見る。セイリールはポケットから何故か石を取り出すと、強引に私に押しつけてきた。

「石?」

黒い色をしている。黒曜石だろうか。

だが綺麗な形ではなく割れているようだ。

「これ、あげます」

「?」

意図が摑めず、戸惑いながらも彼を見る。セイリールは淡々と言った。

「それ、隣国から持ってきた僕の宝物なんですよ。こちらに来る時に僕の不注意でふたつに割れてしまって。その片方を君にあげます」

「……あ、ありがとう?」

割れた石を貰ってもと思ったが、思いの外セイリールが真剣な顔をしていたので、その言葉は呑み込んだ。

石を受け取る。ふたつに割れたという石は最初は黒に見えたが、紫や青色も混じってい

るようだった。とても不思議な色。

　セイリールが宝物だというのも分かるかもと思った。

「で、でもいいの？　大事なものなのに私に渡しちゃって」

「構いません。君の持っているのより大きな欠片《かけら》が家にはありますから。それは迷惑を掛けたお詫びです。……大事にしてくれると嬉しいです」

「う、うん」

　どうやら彼は、子供の私に迷惑を掛けたことを申し訳ないと思っているらしい。

　私としては、お詫びなんて要らないと言いたいところだけれど、せっかくの気持ちを踏みにじるような真似もしたくなかった。

　だから有り難く貰うことにする。

「ありがとう。大事にするね」

「ええ、そうして下さい」

　スカートのポケットに石をしまうと、セイリールはホッとした顔をした。

　あとは無言で屋敷に向かう。

　時間はまだ夕方だったが大分暗くなってきていて、ノルン伯爵邸には煌々と明かりがついていた。それを目印に歩く。

「ああ！　坊ちゃま！　どちらに行かれてたんですか！　皆、あなたをお捜ししていたんですよ！　旦那様も奥様も心配なさっています！」

ノルン伯爵邸に着くと、血相を変えた家令が飛び出してきた。どうやらセイリールは屋敷の人に何も言わず、出ていたらしい。

他の使用人たちも集まってきて、セイリールの無事にホッとしている。家令は私に気づくと、「ルーリア伯爵家の……」と呟いた。

付き合いがあるので、私の顔も知られているのだ。

特にこの家令は、主人の使いとしてよく私の屋敷にやってくる。

私がいることに家令は不思議がっていたが、セイリールを連れてくるまでの経緯を説明すると、すぐに深々と頭を下げた。

「ありがとうございます、レイラ様。本当に何とお礼を言っていいのか……」

彼だけではなく他の使用人たちも頭を下げる。

家令は申し訳なさそうな顔をして、私に言った。

「すみません。旦那様に報告して参ります。レイラ様、少しお待ちいただけますか。おそらく旦那様は、あなたに会って直接お礼を言いたいとおっしゃると思いますので」

「え、別に要らないわよ。そんな大層なことをしたわけではないもの」

偶然見かけたから連れ帰っただけだ。だが、家令も他の使用人たちも退《ひ》かなかった。

「お願い致します。お帰りの際には、我々がお屋敷までお送りしますので」

「それこそ必要ないわ。メイドもいるし、近いんだもの」

「送らせて下さい。暗い夜道に恩人を放り出すなどできませんから」

「……」

真剣な顔で言われてしまえば、これ以上断るのも悪いような気がする。

見ればメイドも頷いていて、私はこの場で待つことを了承した。

家令はすぐに主人の元へ向かい、十分ほどで戻ってきた。そうしてやはり当主夫妻が会いたいと言っていると私に告げた。

「え、おじさまに……おばさまも？」

「はい、是非にとのことでした」

「そう……」

ノルン伯爵家の当主夫妻とはそれなりに面識があり、なおかつ娘のいない彼らに私は気に入られている。

私も優しい彼らのことが好きで、『おじさま、おばさま』と呼んで懐いていた。

その彼らがわざわざ会いたいと言ってくれたのなら、断る理由はどこにもない。そうして通されたのは、談話室だ。

談話室にはおじさまとおばさまのふたりだけがいて、私を連れてきた家令もすぐに下がってしまった。

肘掛け椅子に腰掛けていたおばさまが立ち上がり、駆け寄ってくる。私の手を握り、涙ながらに告げた。

「ありがとう、レイラちゃん。あなたがセイリールに声を掛けて連れ戻してくれたと聞いたわ。本当に助かったの。お礼を言わせてちょうだい」

「い、いえ……私は別に」

大したことをしてはいない。だがおばさまは否定した。

「あなたが止めてくれなかったらセイリールはまた、何日も雲隠れしていたと思うもの。屋敷を出てすぐに帰ってくるなんて、あの子が帰国してから初めてのことだわ」

「……え？」

雲隠れ、なんていう不穏な言葉を聞き、おばさまを見つめる。

おばさまは、困ったように言った。

「あの子ね、こっちに戻ってきてから、もうすでに三回ほど、行方を眩《くら》ませているのよ」

「……さ、三回も!?」

ギョッとした。

思わず近くに立っていたおじさまに目を向ける。おじさまも重々しく頷いていた。

「実はあの子は、人よりもずいぶんと耳が良いみたいでね。昔から音をよく拾いすぎては苦しんでいたんだ。それで隣国で静養していたのだけど——」

おじさまによると、セイリールは子供の頃から非常に聴力に優れていて、聞こえてくる音に振り回され続けていたのだとか。

普通では聞こえないような音まで拾ってしまう彼は、都会の喧噪《けんそう》の中では暮らしていけず、仕方なく隣国にいる親戚を頼り、静養していた。

だが彼も十七という年になり、ある程度は音を無視したり、気にしないようにしたりできるようになった。

だから、満を持して帰国したという話だったのだけれど。

「静養先は田舎でね、ここのような都会とは全然違ったんだ。あの子は特に人の声に敏感で、ここに戻ってすぐ、『うるさくてかなわない』と静かになれるところを求めて屋敷を出て行った。幸いにもその時は三日ほどで帰ってきたのだけれど」

それからも音に耐えかねるたび、セイリールはふらりと屋敷を出奔していると、そういう話だった。

確かに私が声を掛けた時、彼はずいぶんと辛そうな顔をしていた。

私はそれをどこか調子が悪いからではと思っていたのだけれど、そうか、彼は音が聞こえすぎることが辛かったのか。

おじさまが嘆くように言う。

「私たちとしてもあの子が苦しむのは本意ではない。だけど、あの子は特別な子なんだ。

聞こえすぎる聴力もそうだが、それと同時に非常に高い知能を有している。いわゆる天才と呼ばれるレベルのね。……それをセイリールは王城で発揮してしまっているんだよ。陛下も期待して下さっているし、今更やはり隣国へ戻しますとは言えないんだ」

ほとほと困り果てたという顔をするおじさま。

隣国へ戻してやりたいが、すでにその存在を知られてしまった今、どうしようもないのだという話に、「はあ」としか言えない。

しかし何故、私に。

疑問に思うが、おそらくおじさまたちも誰にも言えずに苦しんでいたのだろう。

息子を助けてくれた知り合いの女の子。愚痴を言う相手としてはちょうど良かったのかもしれない。

——おじさまたちも苦労なさっているのね。

ふたりの語り口調は疲れ切っていて、セイリールにどう向き合えば良いのか苦心しているのが伝わってくる。

そんなふたりの様子を見ていると「じゃあ、私はこれで」と言えるはずもなく、結局、そのあとも彼らの愚痴を長く聞き続けることとなってしまった。

◇◇◇

「……セイリールだわ」

ノルン伯爵夫妻の話を聞いてから一週間。

その日は、使用人たちと一緒にピクニックに来ていた。

私は自然が好きで、晴れた日なんかは山や丘を散策するのが趣味なのだ。

まだ小さいのと、伯爵家の娘をひとりで出歩かせるわけにはいかないということもあり、出掛ける時は手の空いている使用人たちが付き合ってくれる。

今日もメイドや従僕を連れ、王都のすぐ近くにある低山を登っていたのだけれど、そこでこの前見たばかりの男性を発見したのだ。

セイリール・ノルン。

隣国から帰ってきたばかりのお隣さんの息子。彼は舗装された道から外れた場所をふらふらと歩いていた。

「……セイリール！」

七つも年上の男を呼び捨てにするのもどうかと思ったが、今更だ。

少し大きめに名前を呼ぶと、セイリールが振り向いた。その目が僅かに見開かれる。

「君……」

「どうしてこんなところにいるの？　……もしかして、また、おじさまたちに何も言わず出てきたとか?」

「……」

気まずげにセイリールが目を逸らす。それを見て、私は今日の予定変更を決めた。セイリールに近づき、その手を握る。使用人たちに言った。

「ノルン伯爵邸に向かうわ」

「えっ……」

「この人、ノルン伯爵家の次男なの。きっと今頃皆が彼を捜していると思うから、連れて帰ってあげないと」

ぐいっと手を引く。セイリールが渋い顔をして言った。

「……僕は帰りませんよ。静かなところに行きたいんです」

「聞こえすぎるってやつ? 気持ちは分かるけど、皆に心配掛けるのは駄目だと思う。大体、いつ屋敷を出てきたの?」

「……三日前、ですかね」

「帰るから!!」

聴力が良すぎて辛いという話は覚えていたので、少々同情していたが、それも返ってきた答えを聞いて吹き飛んだ。

何も連絡をせず三日間も行方不明になるとか、さすがに放置してはおけないと思うのだ。

「帰りましょう。……ご飯は食べたの？」

「携帯食を持ってきていたので、その辺りは大丈夫です」

「それならいいけど……って、全然良くないわね！」

おじさまたちが心配していることを思えば、それならいいかとはとてもではないが思えない。

「もう、私より子供なんだから」

セイリールの手を引く。彼は素直に私についてきた。そうして尋ねてくる。

「……君にあげた石、持ってくれていますか？」

「え？　ええ。お守りにして持っているわ。今もポケットに入っているけど……見る？」

嘘ではなかった。

せっかく貰ったのだからと布で磨いてみたところ、石はまるで宝石みたいに輝いたのだ。どこか神秘的な輝きを見て、お守りにしようとお気に入りの袋に入れ、常に身につけている。

「いえ、持っているのなら良いんです。あれは、持ち主を守る石とも言われていますから、身につけているのは良いことだと思います」

「へえ……そうなんだ。もしかして、セイリールも持ってたりする？」

「ええ、ほら」

私の質問にセイリールは頷き、ズボンのポケットから黒い石を取り出した。私が貰ったものより一回りほど大きい。

「……この石の声は静かで落ち着くんですよ。僕はお守りというよりは、精神安定のために持っているんですけどね。冷たい石の感触は心を静めてくれる……」

表情を緩め、セイリールが石をポケットに戻す。

そうして申し訳なさそうに言った。

「すみません。今日は差し上げられるものが何もないんです」

「別に要らないけど。前回だって要らなかったんだからね。ご近所さんだもの。あんまりそういうの気にして欲しくない」

偶然見つけただけでお礼やお詫びを貰うつもりはない。

前回は彼の気持ちを踏みにじりたくなかったから受け取っただけだ。そう言うと、セイリールは嬉しそうに笑った。

「そう、ですか。ご近所さん」

「ええ。実際、うちの屋敷はあなたの屋敷のすぐ近くにあるもの。そういうことだから、止めてね」

「はい、分かりました」

真顔で頷くセイリールを見つめる。どうやら彼はかなり律儀な性格をしているらしい。

いちいちお礼とかお詫びとか言い出すあたり、間違っていないだろう。

ふたりで山を下りる。

ノルン伯爵邸に連れて行くと、前回の比ではないくらいに感謝された。

三日も行方不明になっていた息子を連れ帰ってくれたのだ。そうなるのも当たり前だろう。

私はお礼をしたいというおじさまたちの言葉を固辞し、屋敷に帰ったのだが、何故かそれから出掛けるたびに、ふらりと外に出ていたセイリールに会い、連れ帰るということが続いた。

完全に偶然ではあるのだけれど、不思議とタイミング良く出会ってしまうのだ。

そして見つけてしまえば無視もできない。

おじさまたちが心配しているのを知っているからだ。

更にすっかり私に慣れてしまったセイリールも、声を掛けると素直についてくるものだから、気づけば彼がいなくなると、おじさまたちはまずは私を頼るようになっていた。

十年以上経った今も。

私はもう二十一歳になるというのにセイリールがふらふらしているせいで、いつまで経っても彼の世話役から抜け出せないというのが現状なのだ。

もなかった。

顔色は悪くないが、雰囲気が違う。そんな風に感じた。

「……二、三日くらいあとで迎えに来た方が良かった？」

セイリールが山に篭もっている理由はよく知っている。

音を拾いすぎてしんどいから。だから自然豊かな場所へと逃げていくのだ。

いつもは迎えに行くと、通常状態まで回復しているのだけれど、どうやら今回はそこまでに至らなかったようだ。

おじさまたちにお願いされたから捜しに来たのだが、少し早かったのかもしれない。だが、セイリールは首を横に振った。

「……良いですよ。君が迎えに来た時点で、帰る気にはなっていましたから」

「そう？」

◇◇◇

「……」

私の隣を無言で歩く男を見る。

一週間の山ごもりをしていたという彼は、パッと見た感じでは普段通りで変わった様子もなかった。

だが、十年越えの付き合いがある私には分かる。彼はまだ本調子ではないようだ。

「ええ。それに今回は陛下にも何も言わず出てきてしまいましたから。いつものことと分かっては下さっているでしょうけど、さすがに罪悪感があるんですよ」

「え、駄目じゃない。……というか、陛下に断る余裕もないくらい追い詰められていたの？」

「……お恥ずかしながら」

しょぼんと萎《しお》れたセイリールを見つめる。

世間ではセイリールは、自由気ままな天才として知られている。

相談役という地位に就きながら、時折フラッと山ごもりしてしまうからだ。

それでも叱責されるどころか、そういう人物として国王に許されている彼を、当たり前だが皆は羨んでいるのである。

……実際の彼は自由気ままというわけではなく、定期的に訪れる限界に振り回されているだけなのだけれど、彼の事情を知っている人物はそう多くない。

セイリールの家族と国王、そして私で全員だ。

どうして言わないのか。

別にセイリールが故意に隠しているわけではない。おじさまたちが嫌がったのだ。

聞こえすぎる聴力のせいで、全ての音が煩わしくなり、定期的に逃亡している……なんて、あまり人に知られたいことではない。

王城で他人に弱みを知られることは、自らの立場を危うくするというのと同義。

だからおじさまたちは、黙っていることを選択したのだ。

セイリールもおじさまたちの意向に従い、王城では『マイペースの自由人。山好きの変人』ということで通している。

そう思われている方が彼にとっても色々と都合が良いからだ。

実際の彼はそこまで自由人というわけではなく、どちらかと言えば真面目で、思慮深く行動する方なのだけれど。

天才と呼ばれるだけあって博識だし、実は周囲をよく見ている。

そういうところを国王は買ってくれているのだろう。

ただ、ストレスに耐えかね、突発的に出て行ってしまう面がどうしても強調されるので、あまり皆には気づかれていないだけ。

セイリールも平然と、「気が向いたので、ちょっと山ごもりしていました」と言うものだから、今ではすっかりそういう人物だと思われている。

自由気ままに城を出入りする、変人の天才相談役。それが今のセイリールの立ち位置だ。

正直、私としては歯がゆいばかりだけど。

本当の彼は皆が思うような人ではないのに、誤解されているのだから。

でも、肝心のセイリールが気にしていない。

国王がきちんと評価してくれているからそれでいいのだと、周囲の目など全く気に留めてもいなかった。

国王がセイリールという男を理解してくれる人で良かったと心から思う。

今の国王は年若く、皆もまだ様子見という感じだが、セイリールを相談役に置くくらいだ。間違いなく傑物《けつぶつ》なのだろうと信じている。

その国王に何も言わず飛び出してきたのだから、本当に今回は限界だったのだと推測できる。

「……なんだったら、ちゃんと陛下に謝ってから、改めて休みを取らせてもらえば？　確かにセイリール、本調子ではないように見えるし」

「さすがにそれはできませんよ。迷惑を掛けているのは分かっているんです。また、限界までは頑張ります」

私の提案をセイリールはきっぱりと拒絶した。

ほら、こういうところが彼が真面目だと思う点だ。

体調が悪い自覚はあるだろうに、ギリギリまで逃げない。逃げられないのが彼なのだ。

誰も、そんな風に彼のことを思ってはくれないだろうけど。

彼という人を知っているだけに、胸がツキンと痛む。

「……倒れてしまってからでは遅いんだからね。その……今連れ戻してる私が言うのもなんだけど、本当に辛いなら、またすぐ山に逃げても良いから」

「それで次も君が連れ戻しに来てくれるんですか？　君に迎えに来てもらうのは嬉しいので、それも悪くないかもしれませんね」

「そんなこと言って……いい加減、使用人たちが迎えに行っても帰りなさいよ」

「いやです」

ため息を吐きながら言うと、はっきりとした拒否が返ってきた。

本当に、これだけは困っていた。

十歳の頃、初めて彼を連れ戻した時から、何故か彼は私が迎えに行かないと帰らない。

誰が行っても頑として動かなくて、だけど私が出向けば、驚くくらい素直に出てくるのだ。

彼を見つけるのが異常に上手いというのもあるのだけれど、何より私が行かなければ帰らないというのが、おじさまたちが私を頼る一番の理由だと分かっていた。

そして、私でないと嫌だと行動で示すセイリールに呆れているうちに、それはいつの間にか恋となり、愛へと変化していったのだ。

私が迎えに行った時、セイリールはほんの少しだけど嬉しそうに顔を緩める。

多分、彼は気づいていない。

だけどあの嬉しそうな顔を見るたび、仕方ないなと思えるし、同時にどうしようもなく好きだなと思ってしまうのだ。

最初に好きだと思ったのはいつだったのか。気づいた時には後戻りできないほどに嵌まっていたので、正確な日付は分からない。

ただ私はこの恋をずっと引き摺っていて、今も尚抱え続けているのだ。

セイリールには好きな人がいると知っているのに。

もう、結婚してしまったフレイ王女。

セイリールは彼女のことをずっと好きで、彼女に振られた今もまだその傷を抱えていると知っている。

彼がフレイ王女のことを話す時はいつもとても楽しそうだったから、「ああ、好きなんだな」と説明されなくても分かっていた。

私のことは、長年の友人くらいにしか思われていない。異性として意識などされていないのだ。

たとえ、私以外の迎えの手を拒んだとしても、それが事実。

私はセイリールに恋愛の意味では好かれてない。

こちらはこんなにも彼のことが好きなのに。

不毛だと分かっていても、こうして側近くに彼と接する機会があれば、諦めることなんてできるわけがなくて、ずるずると恋心を引き摺っている。

いい加減、捨ててしまえれば楽になれるのに。

友人だと割り切れれば、彼がフレイ王女を引き摺っていることに気づいても、傷つかなくて済んだのに。

できないから私はずっと傷ついているし、心は血を流し続けている。

この手を離せば、全てを手放してしまえばと何度も思ったけど、今、こうしてセイリールの側にいるのが、私の出した答えなのだ。

彼は、私の気持ちになど欠片も気づいてくれないのに。

セイリールは天才と呼ばれるほどの人ではあるが、絶望的に人の感情の機微《きび》を察知するのが下手なのだ。

彼相手に、察してくれは不可能。説明すれば分かってはくれるが、自分から気づいてくれるのを待つのは悪手でしかない。

彼とは長い付き合いで、それくらいは理解している。

その上で私は、セイリールに『好き』とは言わないことを決めていた。

だって友人としか思っていない女から告白されたところで困るだけだろう。それに振られるのが分かっていて告白できるほど、私は心が強くない。

振られて今の関係が壊れてしまうよりは、現状維持を狙いたい。

ずるい考えだが、セイリールの側にいられる今の立場を失いたくないのだ。

いつまでこの関係を維持できるのかも分からないのに。

知っている。私もそうだが、セイリールだって適齢期。
そろそろ結婚話が出てきてもおかしくない頃合いだ。幸いにもまだ私に縁談はないが、
国王の相談役を務めるセイリールに婚約者をという話はあっても不思議ではない。
貴族にとって、恋愛と結婚は別物。
失恋に傷ついているセイリールだって、おじさまたちから話があれば検討くらいはする
だろう。それは私もそうだ。
父が婚約者を用意するのなら、「はい」と言って受け入れなくてはならない。
そしてそうなれば、今の関係は終わりを迎えてしまうわけで。
先が見えているのに、今にしがみ付くなど愚かしいことだ。それなのに私はずっと目を
逸らし続けている。
「……この関係がずっと続けば良いのに」
セイリールには聞こえないように呟く。
私の愚かな願いはきっと聞き届けられないと分かっていた。

◇◇◇

「レイラお嬢様。ノルン伯爵家の家令が訪ねてきたようですが」

「また?」

セイリールを連れて帰ってから一週間。

自室で読書を楽しんでいた私は、メイドに声を掛けられ本を閉じた。

「前回連れ戻してから一週間か……ずいぶんと早いわね」

本を置き、椅子から立ち上がる。

前回、セイリールを迎えに行った時、調子が悪そうだとは思ったが、やはり回復しきっていなかったらしい。

我慢できず、誰もいない場所に飛び出していった……というのが正解だろう。

「仕方ない、か」

事情を知っているだけに怒れない。いや、「またか」とは思うのだけれど、大分ストレスを抱え込んでいるのだろうなと分かるだけに、それ以上は言えないのだ。

二階にある自室から出て、玄関ロビーに繋がる大階段を下りる。玄関ロビーでは、セイリールの家の家令が申し訳なさそうな顔で待っていた。

「レイラ様」

「……またセイリールが蒸発したの？」

「……はい」

肯定の返事を聞き、苦い顔をした。多分、今回は前回とは違う場所にいるだろう。

昔から不思議と彼がいる場所が分かるのだ。

これが更にノルンのおじさまたちに頼られる要因のひとつとなっていると理解しているが、分かってしまうものは仕方ない。

「分かったわ。セイリールを迎えに行く」

「いえ、あの……その前に、旦那様と奥様に会っていただきたいのですが」

「え、おじさまたちに?」

山登りの準備をしようと身を翻《ひるがえ》した私を家令が止めた。振り返ると、彼は深々と頭を下げている。

「はい。レイラ様にお話があるということで。セイリール様を迎えに行く前に、こちらの屋敷に立ち寄って欲しいと……」

「構わないけど……何の用事かしら」

セイリールを見つけに行く前に来て欲しいとは、よほどの緊急案件なのだろうか。

不思議に思ったが、ノルン伯爵家は近所で、負担になるような距離でもないので頷いた。

両親に出掛けることを告げ、執事と一緒に屋敷を出る。

玄関にはノルン伯爵家の紋章が掲げられた馬車が停まっていた。思わず目を丸くする。

「……これって」

「どうぞ。こちらの馬車にお乗り下さい」

「？」

歩いて五分ほどの距離にあるノルン伯爵家に向かうのに、わざわざ馬車を使うのか。

なんだかいつもとは違う感じに戸惑いはしたが、特に断る理由もないので馬車に乗った。

すぐに馬車は走り出し、ノルン伯爵邸の入り口で停まる。

馬車から降りるとすっかり見知った使用人たちがずらりと並び、私に向かって頭を下げていた。

異様な空気に酷く戸惑う。

今まで気軽な近所づきあいをしていたので、こういう対応をされたことがなかったのだ。

こうなってくると、おじさまたちの話を聞くのも不安になってくる。

「レイラ様、どうぞこちらに。旦那様がお待ちです」

「え、ええ……」

案内されたのはノルン伯爵邸の応接室だ。

何度か訪れたことがあるそこに入ると、中にはおじさまとおばさまが待っていた。

私の顔を見たおばさまが、ぱあっと顔を明るくする。

「レイラちゃん！」

セイリールのこともあり、この十年でふたりとはかなり親しくさせてもらっている。

私も笑顔で挨拶をした。

「こんにちは、おじさま。おばさま。今日は何かご用でしょうか。お話があると伺ってきたのですけど」

セイリールを迎えに行かなければならないのだ。

さっさと話を聞いてしまいたいと思った私は単刀直入に尋ねた。

ふたりは顔を見合わせたが、やがておじさまがコホンと咳払いをした。

黒髪黒目のおじさまは、セイリールとよく似た顔立ちをしていて、彼が年を取るときっとこうなるのだろうなと思わせる。

「その……だな。レイラちゃんに折り入ってお願いがあるんだよ」

「お願い、ですか？」

わざわざ改まって言われるようなことがあるのか。首を傾げると、おじさまはもう一度咳払いをした。

「……頼みというのは他でもない。君にセイリールと結婚する意思はあるかということなのだが」

「えっ……!?」

言われた言葉が一瞬本気で理解できなかった。目を見張る私に、今度はおばさまが頬に手を当てながら言う。

「実はね、近々セイリールってば、陛下から新たに伯爵位をいただくことになったのよ」

「……はあ」

「ほら、あの子ってば、行動はアレだけど優秀は優秀でしょう？　色々と成果を上げていて、そのご褒美ってやつなのよ」

その言葉に頷いた。

セイリールが優秀なのは言うまでもないことで、爵位のひとつやふたつ、貰ったと聞いたところで意外には思わない。だがそれと私がどう繋がっているのかさっぱり理解できなかった。

頭の中にクエスチョンマークが浮かび上がる。訳が分からないという顔をしている私におばさまが更に言う。

「せっかく爵位をいただくのに、あの子の代で終わらせてしまうのは陛下にも申し訳が立たないでしょう？　だからね、できればあの子の子供に継がせたいのよ。そのために、セイリールには結婚して貰おうという話になったの」

「ねえ、あなた」とおばさまがおじさまを見る。おじさまもうんうんと頷いていた。

「セイリールもいずれ結婚しなければならないことは分かっているだろうし、嫌だとは言わないと思うの。でも、ほら、あの子モテないじゃない？」

「……」

困った顔のおばさまに、私は何も言えなかった。

何せ、セイリールがモテないのは事実だったからだ。

セイリールの見目は良い。国王の相談役という役職も良ければ、伯爵家出身という辺りも合格だ。

だがひとつ、どうしても見過ごせない問題があった。

それは彼が変人というレッテルを貼られているというところである。

気がつけばふらりといなくなっている自由人。気が向いた時にしか登城しない気まぐれな男。セイリールが城でそう称されているのは知っている。

実際の彼には事情があって、いい加減でも皆が思うほど自由人でもないのだけれど、それを分かっているのは国王だけというのが現状。

つまり、彼は有望株ではあるけれど、手を出しにくい男と考えられているのだ。

令嬢たちだって、わざわざ変人と付き合いたいとは思わないだろう。他にいくらでもまともな男がいるのだから、誰だって真実を知らなければ普通の男を選ぶ。

結果、今のセイリールは壊滅的にモテないのだ。

皆、自由人すぎる彼を遠巻きにしていて、自分から深く関わろうとはしない。

「……」

「ね、つまりはそういうことなのよ」

黙り込んだ私を見て、察したと分かったのか、おばさまがしみじみと語る。

「あの子は皆から誤解されているわ。ちゃんと分かっているのは、私たち家族と陛下、そしてレイラちゃん、あなただけなのよ。……婚約者となる子に事情を説明すればとも考えたけど、あの子が聞こえすぎることをあまり人には言いたくないの。それに言ったところで、もし受け入れて貰えなければ？　そこから噂が漏れる、なんてことには絶対なって欲しくないのよね」

「……」

苦虫を噛み潰したような顔をするおばさまを見つめる。

いつの時代も、人は『皆と違う』ことを隠したがる傾向があり、おじさまとおばさまも間違いなくそのタイプだ。

セイリールのことを息子として愛してはいるけれど、それとこれとは別。

彼が『普通』ではないことをできれば広めたくない。彼らはそう考えていて、セイリールもそれが分かっているから、今の状況を受け入れているのだ。

人より聞こえすぎるというのは決して悪いことではないのに。

病気というわけでも、障害というわけでもない。

ただ、人よりも多くの音を拾ってしまうだけ。

セイリールは同時に七人の声を聞き分けられるらしいが、それもおじさまたちはあまり人には言いたくないようだった。

優秀なのは良いけれど、理解できる範囲内での優秀であって欲しい。彼らはそう思っているし、真実を隠すことが息子のためになるのだと信じ切っている。

その気持ちは分からなくもないが、結果としてセイリールが誤解され続けているのは嫌だ。

きっと、気まぐれな天才相談役を苦々しく思っている者は多いと思うから。

おばさまが場の雰囲気を明るくしようとポンと手を叩く。

「でもそこで気がついたのよ！　あなたがいるじゃないって！」

「えっ……」

とんでもないところで私の名前が出た。

顔を引き攣らせていると、おばさまが嬉々として告げる。

「レイラちゃんなら、説明しなくてもあの子の事情を知っているし、誰かに吹聴したりもしない。伯爵家の娘で家格も釣り合うわ。私たちもあなたなら是非娘に迎えたいって思うし。それに何より、あの子ってばレイラちゃんが迎えに行かないと山から出てこないじゃない。どう考えてもあなたが適任だと思うのよね！」

「……え、ええと」

導き出された結論を聞き、唖然とした。

なんと答えて良いものか分からない。

確かに私はセイリールのことが好きだし、彼と結婚できるかもというのは嬉しい。

だけど、さすがに「じゃあ、結婚します」とは言えないのだ。

だって――。

「……父と母が何と言うか……」

つまりはそういうこと。

貴族の結婚は、親が決めるのが基本。だから私が「はい」と答えたところで、両親が「いいえ」と断ればそれで終わってしまうのだ。

それは目の前のふたりも分かっているはずなのに、どうして私に直接話をしてきたのか。

動揺を隠せないでいると、おばさまが笑顔で言った。

「大丈夫よ。あなたのおうちにも話をしたけど、娘が良いならって言ってくれたわ～。ルーリア伯爵家もそろそろあなたの嫁ぎ先を探そうと思っていたところらしいの。ばっちりのタイミングだったわね！」

少女のようにはしゃいだ様子で告げられ、気が遠くなりかけた。

そういう話があったのなら、当人である私に教えてくれても良かったのに。

両親から全く話を聞いていなかっただけに、寝耳に水だった。

「で、どう？　レイラちゃん、息子と結婚してくれる？」

「……えっと」

「きっと息子も喜ぶと思うの。だってあの子ってば、あなたのことが大好きでしょ？」

「いえ、それはないと思います」

おばさまには悪いが、そこはきっぱりと否定した。だが、彼女はからりと笑い飛ばす。

「何を言ってるのよ、レイラちゃん。息子は絶対にあなたのことが好きよ。さっきも言ったけど、あの子、あなた以外の迎えを頑として受け付けないじゃない。私たちとしてもね、できれば息子には好きな人と結婚させてあげたいと思うから、あなたが頷いてくれれば万々歳なんだけど――どうかしら？」

「……」

期待した目で見つめられ、自然と眉が中央に寄る。

セイリールが私を好きとかあり得ない。

付き合いは長いし、嫌われているとは思わないけれど、彼には好きな人がちゃんといたのだ。恋愛の意味で好かれていないのは明白だ。

とはいえ、両親が良いと言っているのなら、私に断る理由はない。

でも――。

「考えさせて下さい」

私の口から出たのはそんな言葉だった。

ふたりがキョトンとした顔で私を見てくる。まさか保留されるとは思わなかったのだろう。

だけど、だけどだ。

私はセイリールがまだ傷心状態だということを知っている。

そんな彼に、長年の友人としか思っていないだろう私と結婚しろは、あまりにも可哀想ではないか。そう思ったのだ。

結婚するのは貴族の義務で、仕方ないこと。

だけど、もう少しくらい時間を置いてあげても良いのではないか。

セイリールに必要なのは、気持ちを整理する時間だ。

好きな人と両想いになれない悲しさは私も経験して知っている。今もまだ傷ついている彼をそっとしておいてあげたい。

それが私の望みなのだ。

私は静かにふたりに告げた。

「いきなり答えをと言われても、難しいです。その、結婚って一生の話ですから。だから一度、持ち帰って両親と話し合います。お返事はそれからでも良いですか？」

嫌だと言っているわけではない。少し時間が欲しいだけ。

そう言うと、ふたりはホッとしたような顔をし、構わないと了承してくれた。

◇◇◇

ノルン伯爵家を辞した私は、一度屋敷に戻り、登山の準備をしてから再度家を出た。

おばさまたちには両親と相談すると言ったが、特に話すことはしなかった。

あれは方便なのだ。多少でも時間を稼げればいい。それくらいに考えていた。

どうせ彼らが本気なら、相談しようが意味はない。貴族の結婚とはそういうものだと知っている。


「セイリールと結婚かあ」

「セイリールは……あっちかな」


バックパックを背負い、気が向いた方へと歩く。

不思議とこんな適当な捜し方でも今まで彼を見つけ損なったことはないのだ。

まるで彼がいるところが最初から分かっていたみたいに、辿り着くことができる。

変な話だとは自分でも思うが、事実なのだから仕方ない。

今日もなんとなくで狙いを定めた山へと向かう。供はひとりだけだ。

剣技に優れた護衛で、最近はいつも彼がついてくる。

ちなみにセイリールが護衛を連れて行ったことは一度もない。彼は気づけばいなくなっているので、護衛がいたとしてもついていけないのだ。

何度危ないからと言っても、彼が山へ向かう時は、大抵心がいっぱいいっぱいになっているので、そこまで気が回らない。

誰にも何も言わず出て行き、山を目指す。そうして誰もいないところで息を吐いて、初めてそういえば護衛を連れてくるのを忘れた、と気づくのだ。

それが分かっているので私もおばさまたちも、セイリールに護衛を連れて行けというのは諦めている。

それにセイリールは細い体格をしているわりに、武器を使わない素手での戦いがかなり強い。中途半端な賊に襲われたところで返り討ちにできる程度の実力はあるのだ。

本当は連れて行って欲しいけど。

ひとりになりたい彼が、誰かを連れて行くのは難しいのだろうと分かってもいる。

◇◇◇

半日掛けて、目的の場所へと辿り着いた。

今回私が選んだのは、王都から少し離れた場所にある山だ。炭鉱があることでも知られていて、ピクニックには適さないが、あちこちに洞穴があるので、セイリールにとっては落ち着ける場所だと思う。

山の中腹部まで登り、道を外れる。

護衛はギョッとした顔をしたが、何も言わない。いつもそうやってセイリールを見つけているると知っているからだ。

草木を掻き分け、奥へ奥へと迷わず進んでいく。しばらくすると前回見つけたものより一回り大きな洞窟を発見した。

ここだ。間違いない。

「セイリール！　迎えに来たわよ！」

洞窟に入る前に、声を掛ける。

ひとり静かにしているところに行くのだ。せめて事前に声くらい掛けるべきだろうと考えてのことだった。

「……どうぞ」

なんと、返事があった。

いつも声を掛けたところで無視するだけなのに、もしかして調子が戻ってきたのだろうか。

それなら良いのだけれど。

前回、調子を崩したままだったことを知っているだけに、その辺りは心配だった。

護衛を入り口に残し、中を覗き込む。洞窟は暗かったが、奥の方は明るかった。多分、セイリールがランタンを灯しているのだろう。

「……」

慎重に足を踏み出す。トカゲのような虫がチョロリと走っていくのが見え、顔を引き攣らせた。どうやらこの洞窟には虫がいるらしい。コウモリとかは勘弁して欲しいのだけれど。

「セイリール？」

周囲を確認しながら洞窟の中を進んでいく。すぐに彼の姿を捕らえることができた。

珍しくも彼は立ち上がり、すでに帰りの準備を始めている。

「あら、もしかして私が来なくても帰るつもりだった？」

「いいえ。君が来たので帰る準備を始めただけです。来ないのなら、このままここにいるつもりでした」

「……」

私が迎えに来るのが当たり前のように言うセイリールの態度に頭痛がする。

この男は本当に私が迎えに来ないと帰らないのだ。

ノルン伯爵家も私に悪いと思っているのか、時々自分たちでセイリールを捜そうとする。

だが、見つけることがそもそも無理だし、見つけたところで彼は頑として帰ろうとしない。

結果、彼がいなくなって半年経って私にお声が掛かる……なんてこともあるのだ。

いや、本当にあの時はびっくりした。半年も放置する羽目になるくらいなら、さっさと私に言って欲しい。

状況を知らないから、最近は山ごもりもしていないのかなとのんきに暮らしていたではないか。

あとで知って愕然とするよりは、いくら頻度が高かろうとすぐにでも教えてくれた方がよほど心に優しいと本気で思う。

「ここ、虫がいるみたいだから、さっさと出ましょ」

長居したくない場所なので、洞窟から急いで撤退する。セイリールも大人しくついてきた。

護衛は私たちを見ると、頭を下げる。「本当にいた……」という声は無視することに決めた。

私だって、どうしてセイリールのいる場所が分かるのか疑問でしかないからだ。

分かるものは分かるとしか言いようがない。

大分、山道から逸れていたので、まずはそちらに戻る。今日のセイリールは、シャツと長ズボン、その上にシンプルなジャケットを羽織るという普段着だった。前回とは違い、登城中に逃げ出してきたわけではないようだ。

一緒に山を下りながら話し掛ける。

「……もう、大丈夫なの？」

何をとわざわざ言わなくても、セイリールなら私が何を指して言っているのかすぐに分かる。

彼は「ええ」と肯定の返事をしてきた。

「心配を掛けましたが、大丈夫です。大分、落ち着きましたので」

「そう、良かった」

セイリールの言葉にホッとした。

どうやら日常生活を過ごせるくらいには復帰したらしい。

セイリールが苦しそうにしているのを見るのは私も辛いので、回復したのなら良かった。

ふと、セイリールがじっと私を見ていることに気がついた。

何かあったかと彼を見返すと、セイリールは何故か首を傾げていた。

「……何？」

「セイリール？」

「いや……ふと、思いまして。昔から君といるとすごく楽なんですよ。君は事情も知ってくれてるし、僕が嫌がるようなこともしない。だからだろうなとずっと思っていたんですけど……なんだかそれだけではないような気がして……」

「今更過ぎる。付き合いが長いんだから楽なのも当然でしょ。お互いのことを知っているんだから」

「まあ、確かにそれはそうなのですけど……なんというか……」

うーん、と考え込んでしまったセイリールを呆れながらも見つめる。

セイリールはこうやってすぐに自分の世界に入ってしまうのだ。

いつものことと言えばいつものことなのだけれど、私が一緒にいる時に自分の世界に入るのは止めてもらいたい。

「……前々から不思議ではあったんですよね。せっかくひとりになれて、ようやく落ち着けたと思っているのに、君が迎えに来てくれると、帰ろうという気持ちになるんです。これ、なんなんでしょう」

「さあね、知った顔を見て、ホッとするんじゃない？」

「……そう、ですかね」

「まあ、よく考えてみれば家族でも何でもない私にホッとしてどうするんだって話なんだけど。……どうするのよ、セイリール。もし私が結婚したりしたら。私は他家に嫁ぐんだから、もうあなたのことは迎えにいけなくなるわ。その時、ちゃんとひとりで帰ってこられる？　お屋敷の人たちが来ても嫌がらずに帰るのよ」

軽い気持ちで言った。

まあ、あり得ない話ではある。

何せ結婚話は出ているが、それはこの目の前の男とであり、おそらく近いうち、現実となるのだろうなと思うから。

うちの両親にも話が行っていて、断っていないというのなら、つまりはそういうことなのである。

そういった事情を隠したまま告げる。セイリールがどう答えるのか、ちょっと気になるところでもあった。

「は？」

「……え」

何故かセイリールは大きく目を見開いていた。信じられないことを聞かれた、みたいな表情をしている。

「……君、僕を迎えに来てはくれないんですか？」

「えっ、そりゃそうでしょ。さすがに結婚してまでセイリールの世話はできないわよ。旦那様にも申し訳が立たないし」

夫を放置して、他の男の面倒を見るとか、普通に『ない』と思うのだ。

だがセイリールは信じられないという顔で私を見た。

「じゃ、じゃあ僕はどうやって帰れば？」

「知らないわよ。あなたももう二十八歳なんだから、自分で帰るというのが一番なんじゃない？　それか、あなたの奥様になる人にでもお願いすれば？」

「……」

妥当なところである。

自分がその奥様になるかもしれないというところは無視して告げると、セイリールは固まった。

「……奥様」

「セイリールだって、そろそろ結婚でしょ。夫を迎えに行くのは妻の役目。私が奪うわけにはいかないわ」

「……」

じっとセイリールが私を見てくる。

「な、何よ」

視線を受け止めきれず、目を逸らした。

しかし、だ。

あまり考えていなかったが、もし私がセイリールと結婚することになれば、今後も彼を迎えに行く日々は続くというわけで……まあ、仕方ないか。

彼の事情を彼の側にいて見てきただけに、その場合は腹を括《くく》って、毎回迎えに行くしかないのだろう。

うん、確かに彼の嫁は私以外に務まらないような気がしてきた。

普通の令嬢では、そもそも山に分け入って夫を捜すとか無理だと思うから。

そりゃあ、おじさまたちが彼の嫁に私を宛がおうとするわけである。

私も彼を好きなので問題はないが、セイリールの気持ちを思うと複雑で、手放しでは喜べないのが難しいところだ。

「……嫌だな」

「ん？」

ボソッとした声が聞こえ、セイリールを見た。彼は何故かムッとした顔をして、何か考え込んでいる様子だ。

「……そうか。ああ……そういう」

「セイリール？　ええと、どうしたの？」

また自分の世界に入ってしまったと知り、ため息を吐く。

彼がそういう人であることは分かっているが、いきなりは困るのだ。

「もう……セイリールってば！　帰るわよ！」

立ち止まっていた足を動かし、ついでに彼の腕を引く。抵抗は特になく、セイリールは素直に歩き出した。

しばらく無言で歩いていると、ようやく己の世界から戻ってきたのか、セイリールが話し掛けてくる。

「――そういえば、いつにします？」

「？　何の話？」

いきなり『いつ』とか言われても意味が分からない。

怪訝に思いながらセイリールを見る。彼は淡々と私に言った。

「結婚ですよ。僕の両親は君を僕の妻にと考えていたはずですけど……もしかして、まだ話がいっていませんか？」

「は？」

「おかしいですね。ルーリア伯爵家にもすぐに話を通すと言っていたので、てっきり決まったものと思っていたのですけど」

「ちょっと？　ちょっと待って!?」

セイリールの口から出てくる『結婚』の二文字に思いきり動揺した。

思わず叫ぶ。

「あなた、私と結婚する気があるの!?」

「？　ええ。他に望む女性もいませんし。……それとももしかして君には約束している男がいるとか？　それでさっき、もう僕のことを迎えに行けないかも、なんて言ったんですか？」

「いない、いない！　そんな人いるわけないじゃない！」

約十年、ひたすらセイリールを連れ戻す生活を送っていた私に、男性と付き合うような暇などあるわけがない。

ブンブンと首を横に振ると、セイリールはホッとしたように息を吐いた。

「そうですか。……良かった」

それは、自分を迎えに来る女がどこにも行かずに済んで良かったという意味だろうか。

邪推したくはないが、ついそんなことを考えてしまう。

セイリールがどこか上機嫌に私に言う。

「君に良い人がいないと言うなら、別に僕でも良いでしょう。僕も君となら結婚してもいいと思えますし」

「……そうなの？」

フレイ様のことをまだ思い切れていないのではという言葉が口から出かかったが、根性で堪えた。あまりにもデリカシーに欠けている発言だと思ったからだ。

セイリールが首を傾げ、私に聞いてくる。

「意外ですか？　ですが、どうせいずれは結婚しなければならないのです。それなら気心の知れた相手の方が良いでしょう。それに君には僕を迎えに行くという仕事を続けて貰わなければなりませんから。妻になれば、ずっと僕の面倒を見てくれるんですよね。さっきそう、自分で言ってましたよね？」

「……」

にこりと圧力のかかった笑みを向けられ、顔を引き攣らせた。

先ほど言った、『奥さんに迎えに来てもらえ』を実践しろとセイリールは言っているのだ。

がっくりと項垂《うなだ》れつつも、私は口を開いた。

これだけは確認しなければと思ったからだ。

「……別に私はそれでも構わないけど。……セイリールは本当にそれでいいのね？　私が妻で後悔しない？」

私はフレイ様ではない。

彼の好きな女ではないのだ。

それなのに彼の妻という座に就いても良いのかと、最後通告のつもりで尋ねると、セイリールは本当に不思議そうな顔をして言った。

「どうして後悔するんです？　欲しい女性を囲いたいから結婚するのに。後悔なんてするはずないじゃないですか」

それが、『好きだから』という意味ならどれほど嬉しかったことだろう。

長年の付き合いから、彼がただ、自分を迎えに来る私を手放したくなかっただけと察してしまった私は、大きすぎるため息を吐いてから「……分かった」と彼の求婚に是と答えた。

第二章　期待できない新婚生活

私がセイリールとの結婚に同意したことは、すぐに互いの両親の知るところとなった。

何せ屋敷に戻ったセイリールが、私の腕を摑み、自分の両親の元に連れて行ったからだ。

「同意を得ましたので、レイラと結婚します」

その言葉におじさまたちは大喜び。

おばさまには「レイラちゃんが相手なら安心よ～」と抱きつかれ、おじさまにも「これで結婚後も心配せずに済む……！」と言われた。

完全にセイリールの手綱を握ることを期待されている。

それだけ息子に苦労してきたのだろうけど、早速嬉々として私に押しつけようとするのは止めてもらいたい。

セイリールも「レイラの言うことなら聞きます」とか言って、おじさまたちの暴走を煽るような発言をするので、全く収拾がつかなかった。

そうして、私とセイリールは結婚するという話になったのだけれど、その準備には意外と時間がかかった。

私たちが住む新居の準備もそうだが、セイリールが伯爵位を貰う授与式みたいなものがあるということで、結婚式をするまで一年を要したのだ。

伯爵位を貰ってからも色々とやることがあり、この一年は本当に忙しかった。

セイリールの新たな名前は『セイリール・ノルン・テレジア』。

テレジア伯爵というわけである。

伯爵となった彼は微妙な顔をしていた。嬉しそうには見えなかったので、多分、断れなかっただけなのだろうなと思う。

結婚式は、新居となる屋敷の庭で行われた。

新しい屋敷は王都の外れに建っている。

最初は王都の中心地で探そうという話になったのだけれど、私が反対したのだ。

何せセイリールは音に敏感。少しでも音が少ない場所の方が落ち着けるのではと、人通りの少ない場所を希望した。

治安は中心地ほど良くはないが、そこは護衛を雇えば良いだけのことだし、セイリールがゆっくりできる方が大事。

場所が場所だからか、見つけた屋敷は格安だったわりに非常に広くて使いやすい。庭も前庭に中庭、裏庭まであって、かなりの敷地面積を誇っていた。

屋敷自体は二階建てで地下がある。

どの部屋も広くてゆとりがあり、どうしてこんな格安でと思ったが、貴族にとって、王城の近くに屋敷を構えることは一種のステータスなので、王城から離れた場所は人気がない。つまりはそういうことだった。

◇◇◇

「――それでは神の名の下に、ふたりを夫婦と認めます」

中庭での結婚式はほのぼのとした雰囲気で進められた。

王族や公爵家の人間は、聖堂で式を挙げるのが一般的なのだが、うちはできたてほやほやの伯爵家。そこまで格式張る必要もないので、神父を呼んで、庭で挙式を済ませるスタイルだ。

私が着ているのは、母が結婚する時に着用したドレスだ。私用にサイズを手直ししているが、小花が鏤《ちりば》められた可愛らしいデザインは気に入っている。

手には手作りのブーケ。この庭に咲いている花を使ったのだが、なかなか上手くできた

のではないだろうか。

セイリールは白の礼服に身を包み、珍しくも緊張した面持ちだ。

白い手袋を嵌めた手が、ベールを上げる。

顔を上げると、彼の黒い目と視線が合った。

「……」

セイリールの顔が近づいてくる。誓いのキスをするのだと分かっていたが、一瞬動揺してしまった。

それでも黙って目を瞑る。ややって、額にキスされた感触があった。

――え？

思わず目を開け、彼を見た。

セイリールは何事もなかったかのような顔で、私から離れると前を向いた。

神父が式を続けるのを聞きながら、私は頭の中がクエスチョンマークで埋め尽くされるのを感じていた。

――え、なんで額にキス？

普通、こういう時は唇にするものではないのか。

だが、今は挙式の最中で、何か言える状況ではない。

セイリールの意図が分からないまま、式は進み、無事、私たちは夫婦となった。

◇◇◇

挙式が終われば、お披露目のパーティーが始まる。

広い中庭にはいくつもテーブルが用意され、その上には祝いの料理が並べられている。

参加者は和気藹々《わきあいあい》とした雰囲気で談笑しており、私も友人たちからたくさんの祝福を受けた。それも一段落し、セイリールの姿を探すと、彼は少し離れた場所にいて、仕事関係者たちと話しているようだった。

「……近づかない方がいいわね」

もしかしたら仕事の話をしているかもしれない。だとしたら、私が行ったところで迷惑にしかならないだろう。

「うーん……」

さて、それではどうしようか。

なんとなく手持ち無沙汰になっていると、後ろから「レイラ」と声が掛かった。

振り返る。私を呼んだのは母だった。その隣には父がいる。

更にはセイリールの両親もこちらにやってきた。

私が暇そうにしていることに気づいたのだろう。

母は私の前までやってくると、両手を取り、当たり前のように言った。

「とても良い式だったわ。幸せになってね、レイラ。まあ、あなたは昔から彼のことが好きだったから、心配することは何もないと思うけど」

「お、お母様!?」

あまりにもあっさりと告げられた言葉にギョッとする。

まさか私の気持ちを知られているとは思わなかったのだ。

驚いていると、話を聞きつけたおばさまが「まあ」と嬉しそうに手を叩いた。

「なんだ、レイラちゃんもセイリールのことが好きなのね。良かった、ふたりは両想いなんじゃない」

「い、いえ、おばさま……それは違――」

断じて両想いなどではない。だが、最後まで言わせては貰えなかった。

おばさまが目を見開き、とんでもないといった表情で叫んだからだ。

「おばさまだなんて他人行儀な呼び方は止めてちょうだい！　私たちは家族になったのよ？　できれば義母《はは》と呼んで欲しいわ」

「お、お義母様《かあさま》」

おばさま……いや、義母の勢いに押されながらも望み通りに呼ぶ。

義母は満足そうに頷くと、私に言った。

「本当はね、少しだけ心配していたの。レイラちゃんに無理をお願いしてはいないかって。ほら、あの子はレイラちゃんのことが好きだけど、あなたの気持ちは分からないから。家同士の結婚と言ってもやっぱりねえ。レイラちゃんの気持ちがないのなら、無理強いするのは良くないんじゃないかしらって」

「お義母様……」

じーんとした。

セイリールの気持ちを誤解しているのは相変わらずだが、彼女が私のこともきちんと考えてくれていたと知れたのは嬉しかったのだ。

母が気楽な様子でヒラヒラと手を振る。

「大丈夫よ。レイラは初恋がセイリール君で、今もずーっと彼が好きなんだから。何も心配することなんてないわ」

「お、お母様⁉」

だから、どうして私の初恋がセイリールだということまで知っているのか。

驚愕に目を見開く私に、母が言う。

「あら、そんなの気づかないはずないじゃない。ふふ、だから今回のお話をいただいた時は嬉しかったわ～。一応、あなたの意思を確認してとは言ったけど、まあ、断るわけないわよね。好きな人と結婚できるんだから」

ツンツンと肩を突かれた。

絶句し、母を見つめる。自分の気持ちが親に筒抜けというのは、さすがになんというかものすごく恥ずかしいし居たたまれない。

何も言えない私を余所に、義母も「それなら良かったわ～」なんて言って笑っている。

——あ。

あまりのことに全く動けなかった私だが、ふと、気がついた。

セイリールは別に私を好きで結婚したわけではないのに、私の方は好意を持っていると知られたら、気まずいどころではないのではないか、と。

——絶対に知られたくない。

焦った私は、顔色を悪くしながらも、急いでセイリールがどこにいるのか確認した。

幸いにも先ほどと同じ場所から動いておらず、しかも誰かと話している最中で、こちらのことなど気づいてもいないようだった。

——良かった。

ホッと胸を撫で下ろす。一安心だ。

穏やかな気持ちで改めて母たちに視線を向ける。彼女たちはとても楽しそうに語らっていた。

住んでいる場所が近いのと、長く付き合いがあることから、母と義母は気心の知れた友人関係を築いているのだ。

母は私のセイリールへの長年の思いをつらつらと語り、義母はセイリールがいかに私を好きなのか熱弁を振るっていた。私のことは置いておくにしても、セイリールについては誤解なので、私を好きとかいう妄言はあまり吹聴しないで欲しいと切に願う。

父と義父《ちち》はふたりから少し離れた場所で、黙って立っている。

どうやら母たちの会話についていけないというか、最初からついていくつもりがないようだ。大人しく待っているのは、彼らなりの処世術なのかもしれない。

兎にも角にも、双方の親に大いに祝福され、ついでに義母から「セイリールを宜しくね」と背中を叩かれたあと、私はようやく彼らから解放された。

フラフラになりつつもお礼を言い、その場を離れる。

祝ってくれるのは嬉しかったけれど、親たちに誤解されたままなのは多少の罪悪感があった。

とはいえ、何度「誤解です」と伝えても分かって貰えなかっただけなのだけれど。

彼らは端から『セイリールは私のことが好き』と思い込んでいるので、私の話を本気には受け止めてくれないのだ。

「はあ……」

疲れたと思いながら、周囲を見回す。

少し離れた場所ではセイリールがいまだ仕事関係者と話しているようだったが、その中のひとりに気がついた。

銀色の髪が目を引く端整な顔立ちの男性。

ハイネ・クリフトン侯爵。

ラクランシア王国の現宰相、その人である。

国王の代理として来ているのだろう。いや、もしかするとセイリールとは同僚だから、普通に参列してくれたのかもしれない。

セイリールは嬉しそうに彼と話していたが、クリフトン侯爵の表情は厳しい。

祝いの席なのだから笑顔でいてくれても……と思ったが、彼が氷の宰相と呼ばれていることを思い出した。

にこりとも笑わない冷徹な男。その視線に、皆は震え上がっているらしい。

「なるほど……あれが噂の……」

「そう、噂の冷徹眼鏡。あれがクリフトン宰相。ハイネよ」

「えっ……」

突然隣から声がし、驚いた。慌ててそちらを向くと、綺麗な青い瞳の女性がにこにこと笑みを浮かべながら立っている。

その女性が誰なのか、もちろん言われずとも私にはすぐに分かった。

フレイ・クリフトン。

元王女で、今はクリフトン侯爵の妻となった、かつてのセイリールの想い人である。

「フ、フレイ殿下……！」

頭を下げる。フレイ様は柔らかな声で言った。

「殿下は止めてちょうだい。私はもう王女ではないのだから。今の私はハイネの妻ってだけ。ふふ……あなたがセイリールの奥様ね。是非、一度話をしてみたいと思っていたの！」

「え、ええ⁉」

親しげに話し掛けられ、戸惑った。

何せ、フレイ様とは初対面なのだ。私は王女である彼女を知っているが、フレイ様は私を知らない。そんな彼女が私に笑顔を向けてくる理由が分からないから、どうしたって動揺するし、後ずさってしまう。

「あ、待って。逃げないで！　私、あなたと仲良くしたいだけなんだから。ね、あなたセイリールの幼馴染みなんですって？　昔のセイリールってどんな感じだったの？　幼馴染みとゴールインなんてセイリールもやるわね～」

「え、えと、別に幼馴染みというわけでは……。セイリールが王都に戻ってきた時からの付き合いですので」

「それでも十年は付き合いがあるってことでしょう？　彼、あなたみたいな人を隠していたのね〜。セイリールが結婚すると聞いた時は、天変地異の前触れかと思ったけど、昔から知っている人が相手なら分かるわ。彼、結構気難しいところがあるし」

唇に指を当て、首を傾げながら告げるフレイ様。

その仕草は可愛らしかったが、言われたことには賛同できなかった。思わず言い返してしまう。

だって、セイリールは別に気難しくもなんともないのだ。

それは彼の本質ではない。

「そうでしょうか。セイリールはわりと素直な性質ですけど」

「あら」

ムッとする私を見て、フレイ様は面白いものを発見したかのような顔をした。

「あらあらあら、そう。……へえ、セイリールってば本当に良い子と結婚したのね。安心したわ」

そうして私に手を差し出してくる。

「握手しましょ。今日、会えた記念に」

「……はい」

何を考えているのかいまいち分からなかったが、大人しく手を差し出す。細くて小さな手を握ると、彼女は言った。

「セイリールを宜しくね。あなたなら、そんなことをわざわざ言う必要はないんだろうけど、私も彼には幸せになって欲しいと思っているから」

「……」

それはどういう意味で、と聞きそうになったが、グッと堪える。

しばらくすると、私とフレイ様が話していることに気づいたのか、セイリールとクリフトン侯爵が揃ってこちらにやってきた。

「フレイ！　ああもう、どこにいるのかと思えば……！」

「レイラ、フレイ様と話していたんですか？」

クリフトン侯爵はフレイ様に、セイリールは私に話し掛けてくる。

フレイ様がクリフトン侯爵に言った。

「別に良いでしょ。私、セイリールの奥様と直接話してみたかったの。ねえ、セイリール。あなた、こんな素敵な人をずっと隠していたのね。ふふっ、彼女なら私、あなたに心からおめでとうと言えるわ」

最後の言葉をセイリールに言う。

セイリールが何か答える前に、クリフトン侯爵が口を開いた。

「全くあなたは……フレイ、私に心配を掛けて楽しいのですか。……お初にお目にかかります。ご存じかとは思いますが、ハイネ・クリフトンと申します。あなたの夫のセイリールとは同僚という関係ですね」

「あ、私、レイラ・ルーリア……いえ、レイラ・テレジアと申します」

名字が変わったことを思い出し、名乗り直す。

間近で見たクリフトン侯爵は恐ろしく顔の整った人だった。

先ほどフレイ様が『冷徹眼鏡』なんて言っていたが、そんな軽口が許されない雰囲気を持っている。

クリフトン侯爵は珍しいものを観察するかのように私をジロジロと見ると、ひとつ、ため息を吐いた。

「……可哀想に」

「えっ……」

——可哀想？

何が可哀想なのか。

思い当たるところと言えば、セイリールが前の恋を吹っ切っていないことを知っていて、愛されていない私に憐憫《れんびん》の情を抱いた……くらいなのだけれど。

——いや、それは承知の上だし……。

いくら宰相だろうと、実情を知らない他人から同情される謂《いわ》れはない。

とはいえ、さすがにそれを言えるだけの胆力など私にはないので、黙って微笑むに留めておく。

だが、セイリールは黙っていられなかったようで、クリフトン侯爵に文句を言っていた。

「ちょっと。誰が可哀想なんですか。誰がどう見たってレイラは幸せいっぱいの新妻でしように」

「お前のような男に捕まって可哀想という意味だ。全く……この忙しいのにどうして私がお前の結婚式に参加など……陛下の命でなければ欠席していたところだぞ」

「君は僕相手になると急に口が悪くなりますね。いつも冷静な君はどこへいってしまうのだか」

「うるさい。お前相手に取り繕うのが馬鹿らしいだけだ」

「はいはい。わざわざ来てくれてありがとうございます。感謝していますよ」

「はっ。お前に感謝されても嬉しくも何ともない」

クリフトン侯爵は不機嫌そうだったが、セイリールは全く気にした様子もなくニコニコと笑っていた。

そうしてフレイ様に視線を向ける。

「フレイ様。このたびは僕たちの結婚式に参列して下さりありがとうございました」

「良いのよ。楽しい体験だわ。王女として城にいたままなら経験できなかったことよね」

「王族が臣下の結婚式にというのはさすがに難しいですからね」

「お兄様もきっと参列したかったでしょうね。ふふ、今度お兄様に報告しておくわね」

「恐縮です」

胸に手を当て、セイリールが頭を下げる。

クリフトン侯爵がムッとしながら言った。

「挨拶ならもう十分だろう、セイリール。そろそろ私の妻を返してもらおうか」

「十分というほど話していないと思いますが？　相変わらず君はフレイ様のことになると心が狭くなりますね」

「狭くて何が悪い。私はただ、フレイにお前を近づけたくないだけだ！」

クリフトン侯爵が怒鳴る。だがやはりセイリールはどこ吹く風といった感じで、全く応えていない様子だった。

——こ、これ、放っておいて大丈夫なの？

初めて見たふたりのやり取りに、どう対応するのが正解なのか分からない。

戸惑っていると、笑いながらフレイ様が言った。

「大丈夫よ。あのふたりはいつもこんな感じだから」

「えっ、そう、なのですか？」

いつも、というフレーズに目を瞬かせる。

フレイ様は楽しげに肯定した。

「ええ。毎回ハイネがセイリールに突っかかっているの。あんな感じでね。いつもは冷静なのにセイリールのことになるとこれだから。とにかく彼のことが気になって仕方ないみたい」

「……へえ」

「ああ見えて、仲良しなのよ」

「……仲良し」

改めてふたりに視線を向ける。

クリフトン侯爵はギャンギャン叫んでいるが、セイリールは適当にあしらっており、それがまた侯爵には腹立たしいようだ。

だけど——。

セイリールはどこか楽しそうにも見えて、この関わり方を嫌がっていないような感じがするのだ。

何せセイリールには友人と呼べるような人物は私以外にいないから。

誤解されることが当たり前の彼に、親しい友人がいたら、その方が驚くと思う。

そして今見ているふたりの関係は、それこそ『友人』と呼ぶに相応《ふさわ》しいのではと思った。

彼らのやり取りは、お互いを分かっているからこそできるもののように感じたから。

きっと言ってもふたりは認めないのだろうけれど。

納得した私は、笑みを浮かべて言った。

「ええ、そうですね。私もふたりが仲良しだと思います」

同意されたのが嬉しかったのか、フレイ様は拳を握り、力説してきた。

「でしょ。特にハイネの方がセイリールのことを大好きでね、私、たまに嫉妬してしまうのよ。だってあんな顔、私には見せてくれないんだもの」

「待って下さい、フレイ！　さすがに今の言葉は聞き流せません。誰が、誰を好きですって!?」

セイリールに絡んでいたクリフトン侯爵がこちらの話に入ってきた。

フレイ様はキョトンとした顔で言う。

「え、あなたがセイリールを、よ。だってどう見ても大好きじゃない。私、最近、女性よりセイリールに嫉妬してしまうんだからね」

「冗談でしょう!?　こんな男好きでも何でもありません！　ただ、ひたすらに鬱陶しいだけです!!」

ビシッとセイリールに向かって指を突きつけるクリフトン侯爵は全力で嫌そうな顔をしていたが、ここにいる誰も本気にしていないのは明らかだ。

フレイ様なんか、全く話を聞いていない。

「はいはい、大好きなのよね。そう何度も言わなくても分かってるから」

「だから違います！　いつ、私がこいつを好きだと言ったのですか！」

「いつも全力で叫んでるじゃない。やだ、自覚がないの？」

「フレイ！」

嘘、みたいな顔をしてフレイ様がクリフトン侯爵を見る。

クリフトン侯爵は鬼のような形相でフレイ様の名前を呼んだが、彼女は全く堪えていない様子だった。

なるほど。クリフトン侯爵と付き合うには、何を言われても平然と流せるだけの神経が必要なのだなと思ってしまった。

クリフトン侯爵はフレイ様に一生懸命弁明するも、適当にあしらわれている。

だが、フレイ様は笑っていて、ふたりの様子を見ていると、仲が良いのが伝わってきた。

その光景を見て、思った。

ああ、セイリールが入る隙間はなかったんだな、と。

そして同時に、セイリールの様子が気になった。

何せ彼はまだ失恋の痛みから立ち直っていないから。

そんな中、夫婦の仲の良いやり取りを見せつけられて、平然としていられるだろうか。

少なくとも私にはできない。

「……」

そっとセイリールを窺う。

私の視線に気づいた彼がこちらを見た。

「？　どうしましたか、レイラ」

「う、ううん。なんでもない」

「そうですか？　しかしあのふたりは相変わらずですね。仲が良くて結構なことですが」

「……」

そう告げる彼の表情を観察するも、普段と変わったところはない。

薄く笑みを浮かべたセイリールのどこにも無理をしている様子はなくて、どうやら傷ついてはいないらしいと察し、安堵する。

――良かった。

セイリールが傷ついていないのならそれでいい。

いまだ夫婦漫才のようなやり取りを続ける侯爵夫妻を眺めながら、私はホッと息を吐くのだった。

◇◇◇

ガーデンパーティーも終わり、皆、それぞれ解散となった。

参列してくれた出席者たちを最後まで見送ったり、使用人たちに片付けの指示を出したりしていると、あっという間に夜になる。

「奥様、そろそろ」

「えっ、ええ……」

セイリールとふたりで夕食を済ませたあと、私用にと与えられた部屋で休息を取っていると、メイドに声を掛けられた。

このメイド——クルルは、ルーリア伯爵家から連れてきた子だ。

私より少し年上で、昔から側に仕えてくれていた信頼の置ける女性。

新たに屋敷を構えることになり、新しく使用人も雇い入れたが、私とセイリールの屋敷からも何人か連れてきているのだ。

屋敷を回すにはその方が良いと両親に言われてそうしたのだけれど、正解だったと思っている。

「……」

「さあ、参りましょうか」

クルルに付き添われ、部屋を出る。向かったのは浴室だ。この屋敷は浴室も大きく使いやすい。

クルルに世話をされながら、湯浴みを行う。

いつもより念入りに肌を磨かれていると気づいたが、何も言わなかった。

だって、分かっている。

今日は初夜だ。

全身ピカピカに磨き上げ、夫となる人のために準備をする。それが当然なのだ。

「……」

準備を整えてから部屋へと戻る。居室の隣には夫婦の寝室があることは確認済みだ。

私の部屋からもセイリールの部屋からも行けるようになっている。

クルルが寝室の扉を開ける。中はすっかり整えられていた。

大きな天蓋のベッドが真ん中にある。部屋にはアロマが焚かれ、否が応でも今から『そういうこと』をするのだという気持ちにさせられた。

一瞬、足が竦んだが、勇気を出して、ベッドへ近づく。クルルはテキパキと飲み物の準備をしていた。

ワインを入れ、私に言う。

「どうぞ。緊張を解して下さい。なんといっても今日は初夜ですので」

「そ、そう、ね」

「奥様が旦那様とご結婚なされたこと、昔からおふたりを知っている身としてはとても嬉しく思います。どうか末永くお幸せに」

深々と頭を下げ、クルルが部屋を出て行く。

扉を閉める前、振り返り、私に言った。

「では、失礼致しますね。また明日の朝、参りますので」

「え、ええ」

パタン、と扉が閉まる。いつもなら気にならない音がやけに気になった。

ドキドキする。

夕食時、セイリールは普段通りだったが、彼は緊張したりはしないのだろうか。

十年来の友人だった私とそういうことになって、本当に大丈夫なのだろうか。

「あ」

そこまで考え、気がついた。

そもそも彼は初夜を行う気があるのだろうか、と。

だってセイリールは私を好きなわけではない。気心が知れた相手だからと結婚することを承知しただけだ。

実際、その通りなのだと思う。彼は誓いの口づけをしなかったのだから。

通常なら唇にするはずのそれを額にして終わらせた。あの行動が全てを物語っているではないか。

「……馬鹿みたい」

盛り上がってきた気持ちがシュルシュルと萎《しぼ》んでいくのが分かった。

別に好きでもない相手。

子作りは貴族の義務だが、セイリールがそういうものに縛られているとは思わないし、普通に無視もあり得ると思う。

そして彼が来ないかもと気づくと、途端に分かりやすく『初夜です』と言わんばかりの寝室の様相が恥ずかしくなってきた。

クルルが用意してくれた薄手の寝衣も期待していますという感じで、最早全てが恥ずかしく、穴を掘って潜ってしまいたいくらいだ。

「馬鹿みたい」

もう一度呟く。

期待するなと自分に言い聞かせた。

セイリールは来ないかもしれない。いや、もう来ないと思ってベッドに入って寝てしまうのが良いのではないか。

「レイラ？」

己の羞恥心と戦っていると、セイリールの部屋側の扉が開いた。入ってきたのは私の夫となったセイリールだ。

「セ、セイリール……どうして」

動揺を隠せないでいると、セイリールは首を傾げた。

「？　おかしなことを聞きますね。初夜の床に夫が訪れないはずはないでしょう。それくらい僕だって知っていますよ」

「そ、そうね」

当たり前のように告げ、セイリールがこちらに向かって歩いてくる。彼は白いナイトローブに身を包んでいた。

十年付き合っていても、そんな姿は初めて見たので、更に動揺してしまう。

ベッドの前で立ち尽くす私の手をセイリールが握った。

「レイラ？」

「い、いえ……」

まさか本当にこれから初夜が。

ある意味全く覚悟ができてなかったので、頭の中は真っ白で、身体は硬直したまま動かない。

そんな私をセイリールはベッドへ誘い、横になるように言った。

思考能力が完全に止まった私は、セイリールに言われるがままベッドに横になった。

セイリールもベッドに入ってくる。

そこで、初めて気がついた。

——え、私、今からセイリールに抱かれるの？

馬鹿な話だが、散々初夜だなんだと言っていたくせに、彼に抱かれることを本気で想像していなかったのだ。

きっと頭のどこかに、「セイリールは私のことが好きではないから」という気持ちがあったからだろう。

だけど現実は違う。セイリールは今ここにいて、夫の義務として私を抱こうとしている。

——夫の、義務。

間違っていないのに、酷く心が痛む。

そう、夫。セイリールは私の夫になった。だから私を抱く義務があるのだ。

伯爵家当主として妻を抱き、子を成す義務が。

——それは、悲しい、な。

分かっていたつもりだったけど、実際は全然分かっていなかったことに気づかされた。

義務で抱かれるということが、どれほど悲しく辛いことなのか。

これがまだ、私の方もなんとも思っていないのなら良かった。

私も義務だと割り切れたから。

だけど違うのだ。

私はずっとセイリールが好きで、だからこそこんな直前になって割り切れないことに気づいてしまった。

――私は、好きなのに。

セイリールは私を好きじゃない。それなのに彼は私を抱く。

それはなんと空虚な行為なのか。愛の伴わない行為をこれからしなければならないと心底から理解し、身体が震えた。

――ああ、駄目。駄目よ。

分かっていたことではないか。

それでもいいと結婚を承知したのは自分ではないか。

それなのに今更愛されていないから抱かれたくないなんて言えるはずがない。

「……」

悲しい気持ちになるのを必死で堪え、なんとか笑顔を作ろうとする。

深呼吸を何度もし、セイリールを見た。

「セイリール、私――」

「もう夜も遅い。寝ましょう」

「えっ……!?」

パチパチと目を瞬かせる。

確認するようにセイリールを見ると、何故か彼は私を引き寄せ、軽く抱きしめた。額にそっと唇を押しつける。

「——お休みなさい、レイラ」

「えっ、あ……お休み？」

何が起こったのか分からない私を余所に、セイリールは目を閉じる。

もしかしなくても、本気で寝るつもりなのだろうか。

「えと、あの？」

どういうことかと戸惑いの声を上げる。

セイリールは何故か私を抱きしめたままだ。離す素振りは全く見えない。

どこか安堵したような表情をしている。

彼は目を閉じたまま、ほう、と息を吐いた。

「——君を抱きしめると安心します。落ち着くし、なんだか眠たくなってきました……」

「へ……」

「今日は慣れないことをして、疲れましたからね。君も早く寝て下さい」

そうして私が混乱しているうちに、本当に眠ってしまった。

すうすうという規則正しい寝息が聞こえる。

「ええと、あの……セイリール？」

声を掛けてみても、当然応答はない。

セイリールは私を抱きしめた状態で、すっかり寝入っているのだから。

なんだか一度に疲れが襲ってきた気がした。

「……」

呆然と彼を見る。

初夜を嫌だと感じたのは本当だ。

向こうに気持ちがないのに抱かれるのは耐え難いと思っていた。私は好きなのにと。

そんな一方通行の初夜は苦しすぎると、逃げ出したい気持ちになったのは本当なのに。

何故だろう。

実際に手を出されないとなると、複雑な気持ちが生じてくる。

もしかして、私に女としての魅力がないからセイリールは抱くのを止めたのではと思ってしまう。

抱かれずに済んでホッとしたのも本当なら、どうして抱かないのかと詰《なじ》りたくなる気持ちも本当。

抱かれたくなかったのに、抱かれなくて怒っているとか自分でも分からないのだけれど、それが正直な気持ちだ。

とはいえ、今更セイリールを起こして「どういうこと⁉」と詰め寄るのも変だし、そう言って、もし「じゃあ抱きます」と作業をこなすかのように抱かれたら、一生消えない傷跡が残りそうな気もする。

「……馬鹿みたい」

先ほども呟いた言葉をもう一度自分に向けて告げる。

本当に私は馬鹿だ。

だって、自分の真実がどこにあるのかさっぱり分からないのだから。

第三章　聞いてない

額にキスされ、抱きしめられて眠るだけの初夜が終わった。

悶々と考え込んで眠れなかった私とは違い、セイリールは爽やかな目覚めを迎えたようで、「朝起きたら、隣に君がいるっていいですね」なんて台詞を言ってくれた。

それになんと答えるのが正解なのか分からなかった私は微妙な顔をしていたのだけれど、人の機微に疎いところのあるセイリールは気づかない。

上機嫌でベッドから降りると、テキパキと自分で着替えを身につけ、「ではまた食堂で」と言って、自分の部屋へと戻っていった。

それを呆然と見送り、ひとりになった私はのろのろと身体を起こした。

ちょうどそのタイミングで私の部屋側の扉がノックされる。

「奥様。お目覚めですか？」

「え、ええ」

声の主は、クルルだ。

返事をすると、彼女は寝室へと入ってきた。着替えを持っている。起き上がっている私を見て、「おはようございます」と笑顔で言った。

「先ほど、旦那様がお部屋に戻られたようですね。朝食は三十分後になりますので、それまでに準備を整えましょう」

優しく声を掛けられ、頷いた。

昨夜は一睡もできなかったので、頭が重い。足を動かすのも億劫だ。それを見たクルルが何を勘違いしたのか頬を染め、「まあ」と言った。

「旦那様ってば。初夜ですから仕方ないこととは思いますが、あまり奥様に負担を強《し》いるのはよくありませんね」

「えっ……」

「目の下に隈もできておりますし、昨晩は一睡もしていらっしゃらないのでは？　ご寵愛が深いのは喜ばしいことだと思いますが、少しは自重していただかないと」

「いえ、あの……」

「ふふ。ですが、ご結婚なさったおふたりの仲が良好なのは素晴らしいこと。初夜で羽目を外してしまっただけだとも思いますので、今回は旦那様には何も言わないでおきますね」

「……お願い」

完全に初夜があったと思われている。しかも朝まで離してもらえなかった的なやつだ。

そんな誤解をしたままセイリールに文句を言いに行かれたらどうなるか。

きっと彼は不思議そうに首を傾げ、言うだろう。

「抱きしめて眠っただけですが？」

と。

そうなれば初夜がなかったことも知られてしまう。

昨夜、そういう行為がなかったことに安堵したのも事実だけれど、同時に女としてのプライドが傷ついてもいるのだ。

私は手を出す気にもならないほど魅力がない女なのかと。

勝手だと分かってはいるけれど、それをクルルたちに知られるのは嫌だった。

同情なんてされた日には、一週間くらい自室に引き篭もりたくなってしまう。

――それくらいなら勘違いされている方がマシだわ。

自己保身に走っている自覚はあるが、私はあえてクルルの誤解を訂正しなかった。

彼女からは話を聞きたそうなオーラを感じたが、私は曖昧に笑って誤魔化した。

実際、話せることなど何もないからだ。

冷たくなったベッドに触れ、私は暗雲の立ちこめる未来を憂い、ため息を吐いた。

結婚生活は始まり、今更後戻りはできない。

——この先、どうなるのかしら。

◇◇◇

不安いっぱいで始まったセイリールとの生活だが、表面上は普通で、とある一点以外は特に変わったことはなかった。

その変わったことというのは、セイリールが出奔しなくなったこと。

結婚直前まではわりと頻繁に山に消えていたのに、結婚してからは落ち着いて屋敷で暮らしている。

あまり人通りのない静かな場所に屋敷を構えたのが良かったのだろうか。

セイリールはしんどい時は、無意識に首を左右に振り、音を追い出そうとするような仕草をするのだが、それもこの屋敷に越してきてからは見ない。

非常に安定した様子で、珍しくも毎日登城している。基本的にセイリールは真面目なので、仕事に行ける時はちゃんと行くのだ。

帰ってきて少ししんどそうにしていても、次の日には回復しているようで、朝起きたら出奔していた……なんてこともなかった。

郊外に引っ越したくらいでここまで安定するのなら、もっと早くそうすれば良かったのではと思うも、王都の中心地に建った歴史ある屋敷を手放そうとはなかなか決断できないだろう。

しかも、セイリールの出奔がなくなるとは限らないのだ。

結果として今こうなっているから、『こうすれば良かったのに』と言えるが、試しにで引っ越しできるほど貴族にとって屋敷とは軽いものではない。

とにかく、懸念していたセイリールの出奔が一時的なものかもしれないとはいえ治まったのは喜ばしいことで、互いの家から連れてきた使用人たちもホッと胸を撫で下ろしていた。

変わったことはそれくらいで、日々は驚くほど単調に過ぎていく。

夫婦としての性生活もないままだ。

ただ、あの初夜と同じように、セイリールは毎晩私を抱きしめて眠るようになった。

なんでも私を抱きしめて寝ると熟睡できるとかで、私は自分が睡眠薬か抱き枕かと思ってしまったが、好きな人に抱きしめられるのは嫌ではない。

だが、それも毎晩続くと、別の気持ちが生じてしまう。

最初は心が伴わない行為を嫌悪していたくせに、徐々に気持ちが変化してきたのだ。

——それでもいいから抱いて欲しい。

そんな風に思い始めたのである。

でも、私がそうなるのも仕方ないと思うのだ。

夫に抱きしめられ、彼の体温を感じながら眠りに就く日々は、徐々に物足りなさを私にもたらしてくる。

抱きしめるだけではなく、その手で自分に触れてくれないかと考えてしまうのだ。

悶々とした気持ちを抱えながらも、代わり映えのない毎日を送る。

セイリールは結婚前と同じ様子で私に接してきて、私も同様にしているが、できれば正しく夫婦としてありたいというのが隠しようのない本心だ。

友達では嫌だ。もっとセイリールに踏み込みたいし、こちらにだって踏み込んでもらいたい。

でも、そんなことは言えないし、もし言って、「何を言ってるんです?」みたいな返しをされた日には立ち直れないと思うから、やっぱり黙り込むしかないのだ。

どうにか現状を打破したい。だけどできない。

袋小路に迷い込んだような気持ちで毎日を過ごす。

そんな時だった。

城から戻ったセイリールが、とある提案を持って私の部屋を訪ねてきたのは。

◇◇◇

「今日、ハイネに呼び止められましてね」

勧めたソファに素直に腰掛けたセイリールは、そう、話を切り出した。

彼の話に相槌を打ちつつ、聞き返す。

「ええと、あなたの言うハイネって、結婚式の時にお会いしたクリフトン侯爵のことよね？」

「ええ、そうです。非常に優秀な男ですよ。僕は彼のことだけは認めているんです。努力家で素晴らしい才能の持ち主です」

嬉しそうにセイリールがクリフトン侯爵について語る。

その口調から、非常にクリフトン侯爵を買っていることがよく分かった。

「彼、普段はあまり僕に話し掛けてくれないんですけどね。今日は違って」

ふふ、と嬉しそうに笑うセイリール。

本当に嬉しかったのだろう。少し興奮しているように見えた。

「彼の奥方――つまり、フレイ様ですが、彼女がどうやら君と友人になりたいと言っているようで」

「えっ⁉」

友人という言葉に驚きを隠せなかった。

「私と？　ど、どうして？」

「結婚式の時に話してとても楽しかったそうですよ。ハイネはあまり乗り気ではないようでしたが、彼、妻には弱い男ですから。彼女のお強請《ねだ》りには勝てなかったようで」

「で、あなたに話を通してきたって、そういうこと？」

「そうです。あ、僕に話を振ってきた時のハイネ、すっごく嫌そうな顔をしていて、最高に楽しかったです」

「……」

それはなかなか性格が悪い。思わず彼に言ってしまった。

「……ええと、もしかしなくてもセイリールはクリフトン侯爵に嫌われてるの？」

「みたいですね。僕は結構好きなんですけど」

さらっと嫌われていることを肯定するセイリールだが、傷ついている様子は見られない。むしろ楽しそうで、そういえば先ほども嫌な顔をされて楽しかったと言っていたなと思い出した。

「普通、好きな人に嫌われたら悲しいし傷つくものじゃない？」

「うーん、僕は好きなので別にって感じですね。嫌われてるからって嫌いになる必要はないでしょう？　ハイネの反応はいつも面白いし、わざと突っつくのも楽しいですよ」

「……止めてあげなさいよ。気の毒じゃない」

嫌いな男にわざと突っつかれるとか、クリフトン侯爵が可哀想すぎる。

フレイ様はふたりが仲良しだと言っていたし私も同意したが、セイリール側から話を聞くととてもではないがそんな感じに思えなかった。

仲良しとは……とつい仲良しの定義について考え込んでしまう。

セイリールがニコニコしながら話を続けた。

「まあ、そういうわけでして、良かったら屋敷に遊びに来て欲しいとのことでした。もちろん気が進まないようなら断ってもらっても構いません。強制するようなことでもありませんし」

「行かなくてもいいって言うの？」

意外だった。

元王女、しかもセイリールにとっては好きだった人の頼みだ。

是非聞いてあげて欲しいと言われるものと思っていたのだ。

だがセイリールは笑って告げる。

「ええ、指名されているのはレイラですし、君が決めるべきだと思います」

「……そう」

話を聞き、彼を見る。

セイリールはいつも通りで変わった様子はなかった。

私がフレイ様と友人になることを彼がどう考えているのか窺い知る術はない。

「……良いの？」

「はい？」

「その、セイリールは私がフレイ様と友人になるのを嫌だとは思わないの？」

「？　僕、ですか？」

「ええ」

彼の反応を見逃すまいとセイリールを見つめる。セイリールは不思議そうな顔をしつつも答えた。

「どうして君がそんなことを聞いてきたのかは分かりませんが、フレイ様と君は合うような気がします。結婚式の時も楽しそうに見えましたし。だから君が嫌でないのなら行けば良いのでは、と思いますが」

「……そう。分かった。それならお伺いするわ」

セイリールが嫌ではないのなら、断る理由は特にない。

だって結婚式の時に話したフレイ様はとても気さくな感じの良い方で、私も好感を抱いていたから、友人にと言って貰えるのは素直に嬉しいのだ。

「分かりました。ハイネに伝えておきますね」

セイリールが頷く。

こうして、クリフトン侯爵家を訪問する話は着々と進んでいった。

◇◇◇

訪問日はセイリールとクリフトン侯爵によって決められた。

私は基本屋敷にいるのでいつでも構わない。

そうして指定された日の午後、私は馬車に乗って侯爵邸を訪ねた。

セイリールはいない。彼は仕事があるとかで、登城しているからだ。クリフトン侯爵もそれは同じと聞いている。

「いらっしゃい。よく来てくれたわ！」

馬車のタラップを降りると、使用人たちと一緒にフレイ様が出迎えてくれていた。

フレイ様は柔らかな素材のドレスを着ていたが、優しい雰囲気を持つ彼女にとてもよく似合っている。

私も侯爵家に訪問ということで、きちんと盛装をしてきた。

薄い緑の生地を何枚も重ねたドレスだ。スカートの膨らみを抑えたデザインは上品で気に入っている。

髪も結い上げ、化粧もした。

アクセサリーも身につけたし、王都の人気店で買ったアップルパイもお土産に持ってきている。

何も不足はないと思うけれど、元とはいえ王女と会うのだ。どうしたって緊張してしまう。

「この度はお招きありがとうございます。結婚式ではご参列いただきありがとうございました。これ、王都の『レギオン』という店のアップルパイです。宜しければお召し上がり下さい」

挨拶をし、手土産を差し出す。フレイ様は快くアップルパイを受け取ってくれた。

嬉しそうに表情を綻ばせる。

「ありがとう！『レギオン』のアップルパイはメイドから聞いたことがあるわ。一度食べてみたいと思っていたの。そうだ。良かったら一緒に食べましょう」

「フレイ様さえ宜しければ」

「決まりね。さ、中に入って」

「失礼します」

ホッとしつつ、侯爵邸に足を踏み入れる。

侯爵邸は王城の近くにあるのだが、かなりの敷地面積を誇っている。

郊外にあるうちの屋敷とあまり変わらない広さと手入れの行き届いた様を見て、さすが侯爵邸と感心した。

フレイ様に案内して貰い、一階にある応接室へ行く。

応接室は明るく、大きな窓は開放されていた。外へ出られるようになっている。

「応接室から庭に出られるの。今日は天気も良いし、外でお茶をしようかと思って。構わないかしら？」

「はい、もちろんです」

応接室の窓から外に出ると、円テーブルと二脚の椅子が用意されていた。

メイドが数人がかりでお茶の準備を整えている。

「これ、彼女に貰ったの。あとで持ってきてくれる？」

「承知致しました」

近くに待機していた執事にフレイ様がお土産の入った菓子箱を渡す。執事は丁重に受け取り、下がっていった。

「さ、どうぞ。私も色々準備をしたから、楽しんで貰えると嬉しいわ」

「ありがとうございます」

彼女に勧められ、椅子に腰掛ける。

テーブルの上には三段のティースタンドが置いてあった。

一段目にキッシュなどのセイボリー、二段目と三段目にチョコレートやゼリー、クッキーなどの菓子が並んでいる。

焼きたてのスコーンもあって、まだ湯気が出ている。

クロテッドクリームやジャムもたっぷり用意されていた。

「うちの料理長自慢の逸品よ。まずはシャンパンで乾杯しましょ。今日は来てくれてありがとう。その、改めてお願いなんだけど、私と友達になってくれる？　私、恥ずかしながら友人と呼べる女性が殆どいないの。色々話ができたら嬉しいわ」

「私で良ければ喜んで」

フレイ様はさっぱりした人で、少し話しただけでも一緒にいると楽しいだろうなというのが分かる。頷くと、彼女は微笑んだ。

「嬉しいわ。早速だけどその……レイラって呼び捨てで呼んでも？」

「はい、構いません」

「ありがとう。私のことも良かったらフレイと呼んで」

ニコニコと告げられ、少し迷ったが了承した。

友人関係にあるのなら、問題ないかと思ったのだ。まだ彼女が王族だったら絶対に無理だったが、今の彼女は侯爵の妻。

身分的にはまだ彼女の方が上ではあるが、フレイ様――いや、フレイが望んでいるのだ。受け入れるべきだろう。

「では、フレイと呼ばせていただきますね」

「ありがとう！　年の近い友人ができて本当に嬉しいの。レイラって確か私と同い年だったわよね？」

「はい」

フレイ主導で話が進む。

以前も感じた通りフレイは明るく楽しい人で、私はすぐに彼女のことが大好きになった。

なるほど、これはセイリールが惚れるはずだ。

彼女は読書が趣味らしい。そこは私と一緒だったので、お互いにどんな本が好きなのか教え合ったりして盛り上がった。

最近読んだ本で何がお勧めかと聞くと彼女は笑顔で一冊の本を持ち出した。

「私は絶対にこの本。ハイネに嫁いでから読み始めた恋愛小説なんだけどね、すっごく好きなの。続編まで読んじゃったわ。今は新刊待ち」

「それ、うちにもありますよ。新刊なら……ええと、確か先月か先々月に出た記憶がありますけど」

記憶を辿りながら告げるとフレイは驚きに目を見張った。

「嘘!?　出てたの!?　全然気づかなかった……!」

「この本、書店でも分かりにくい場所に置いていることが多いんです。だから見つけられなかったのではないかと。良かったらお貸ししましょうか?」

「ううん。出ているのが分かったんだから、買いに行くわ。ありがとう」

「いいえ。好きな本が同じで嬉しいです」

それからは本の内容について語り合った。

同じ本を読んでいるということは、それについて話せるということ。セイリールは恋愛小説を読まないから話題を振ったところで意味はないし、クリフトン侯爵も同じらしかった。

奇《く》しくも同好の士を見つけた私たちは、一気に距離を詰め、仲良くなることができた。

一時間ほど本について語ったあと、おもむろにフレイが椅子から立ち上がり、私に言った。

「ちょっと休憩がてら、庭を散歩しない?　戻ってきた頃にはあなたが持ってきてくれたアップルパイも用意されていると思うし」

「はい。ご一緒させて下さい」

アフタヌーンティーを楽しんだあとでお腹はかなり膨れている。アップルパイを食べるには、少々運動した方が良いだろう。

私も椅子から立ち上がる。彼女と一緒に庭へ出た。

庭には黄色とオレンジの花が咲き乱れており、とても綺麗だ。薔薇《ばら》が多いが、どれも黄色とオレンジのみ。一般的な赤やピンクといった色は見られない。

「黄色とオレンジの花しかないんですね。クリフトン侯爵様の趣味なのですか？」

別に構わないのだが、ずいぶんと偏った趣味だ。そう思い歩きながら尋ねると、フレイは何故か苦笑した。

「これ、聞いて引かないでね」

「引く？　どういうことです？」

首を傾げる。彼女は花々に目を向けながら言った。

「私が黄色とオレンジの花が好きだと聞いて、庭を一から造り直したそうよ。ちなみにそれを決断したのは、私と結婚する何年も前って話」

「えっ……庭を造り直したんですか？」

「ええ。馬鹿でしょ」

「……」

さすがに返事はできなかったし、心の中では思いきりドン引きしてしまった。

結婚する何年も前から、好きな女性の好みの庭に変えようと画策するとか……引くよりも怖いが勝つかもしれない。

「す、すごいですね」

「ね、私も聞いた時は驚いたわ。それだけハイネは私のことを好きだったたって話らしいんだけど、知らないところでこんな準備をされていたと聞かされても、ねえ？」

「はは……ははは……」

「しかもそれをしたのは、氷の宰相と呼ばれているハイネなんだから二重にびっくりよ。私、結婚するまで心の中では彼のことを冷徹眼鏡って呼んでいたんだから。普段、王城にいる時はにこりともしないんだもの。そう思ったって仕方ないわよね」

「冷徹眼鏡……ですか」

そういえば、結婚式に来てくれた時もクリフトン侯爵のことをそう呼んでいた気がする。

フレイの話に相槌を打ちながら、改めて庭を見渡す。

黄色とオレンジの花が美しい庭は、話を聞いたあとでは、クリフトン侯爵の彼女への愛だとしか思えなかった。

フレイは夫に深く愛されているのだ。

私とは違って。

それが酷く羨ましい。

――いいなあ。

妬みたくなんてないのに、どうしたって羨ましい気持ちが湧いてくる。

愛されて結婚したフレイと、愛のない結婚をした私。比べる方が間違いだと分かっていても、毎晩一緒に眠るだけの関係しか築けていない身には彼女の話は眩《まぶ》しすぎる。

「……どうしたの？　ずいぶんと浮かない表情をしているみたいだけど」

「えっ……」

「私、もしかしてあなたの気に障るようなことを話してしまったかしら。それならごめんなさい。心から謝罪するわ」

「ち、違います！」

申し訳なさそうに頭を下げてくるフレイに、私は顔色を変えて否定した。

「本当に違いますから。フレイは何も悪くありません。わ、私がただ……羨ましいなと醜い気持ちを抱いてしまっただけで……」

「羨ましい？」

顔を上げてこちらを見つめてくるフレイに、事情を話すべきかどうか迷ったが、変な誤解をさせてしまったことを思い出し、軽くではあるが話すことにした。

セイリールとは長年の友人関係というだけで、愛情があるわけではないこと。

私は好きだけど、彼はそうではなく、そのことが非常に辛いのだということを説明した。

「だから……分かりやすく愛されているフレイが羨ましいなって思ってしまったんです。私の方こそごめんなさい。人を羨むようなこと、したくなかったのに……」

「レイラ……」

　フレイが私を見つめ、両手を伸ばして抱きしめた。

「フ、フレイ？」

「あなたは何も悪くないわ。無神経なことを言った私が全部悪いのよ。本当にごめんなさい。まさかそんな事情があるなんて知らなくて。てっきり、ふたりは両想いのカップルなんだと思っていたから」

「まさか、あり得ません」

　フレイに抱きしめられながらも否定する。

　彼女は柔らかく、なんだか甘い香りがした。抱きしめられているとホッとする。

「……セイリールは昔から私のことを、友人としか思っていません。それは今もなんです。態度だって結婚前と何も変わらないし……そもそも好きと言われたことすらありませんから」

「セイリールってそんな感じなの？　もっと情熱的なタイプだと思っていたわ」

「好きな相手に対してはそうかもしれませんね。……私が、そうでないだけで」

「そんなことないわ！」

　突然、フレイが大声を出した。びっくりして顔を上げて彼女を見る。

　フレイは真剣な顔で私を諭した。

「絶対にセイリールはあなたのことが好きよ。だってあのセイリールよ？　自由気ままな相談役。ハイネだって手を焼いている彼が、結婚しろと言われて素直に頷くと思う？　気に入らないなら絶対に拒絶したと思うわ」

「……」

「それにセイリールって、すごくガードが固い男だと思うの。ひとりの時間を大切にしたい感じにも見えるわね」

「それは……」

自由気ままというところは賛同できなかったが、ひとりの時間を大切にしたいタイプというのは分かる。

そもそも山へフラフラと向かうのだって、ひとりになりたくてのことなのだから。

否定できなかった私を見たフレイが更に続ける。

「そうだわ。これも聞いておかなくっちゃ。……ね、セイリールってあなたと結婚してから山へはどのくらいの頻度で行っているの？」

「山、ですか？　私と結婚してからは一度も行っていませんが」

正直に答える。フレイは私を放すと両手を打った。

「そうだと思った！　ハイネが最近セイリールが毎日登城して鬱陶しいって言っていたから！」

「……」

やっぱり鬱陶しいと思われているのか。

思わず閉口してしまった私にフレイはニコニコと言う。

「あの、隙あらばすぐに山へ行ってしまう彼を地上に繋ぎ留めているというのは、あなたがセイリールに愛されている何よりの証拠だと思うの。大丈夫。あなたはちゃんと愛されているわよ」

「……あり得ません」

フレイの気持ちは嬉しかったが、首を横に振る。

彼女は不満げに「どうして？」と尋ねてきた。

「……夜の行為がないんです」

一瞬、伝えるかどうか迷ったが、ここまで来たらと思いぶっちゃけた。フレイが目を丸くする。それに頷き、更に口を開いた。

「初夜だってありませんでした。一応、一緒には寝ましたけど、私を抱きしめて額にキスして、それで終わり。それからは毎日そんな感じです。……普通、好きなら抱きたいと思いませんか？　私は彼の妻なんですよ？　でも、事実として彼は私に手を出さない。だから、愛されているなんてあり得ないんです」

「……なんということ」

信じられないという顔をするフレイに、やっぱりそう思うよねと息を吐く。

好意がなければ結婚しないだろうと言われたって、手を出されていないというのが結局全てだと思うのだ。

だって好きなら抱けば良い。すぐ手を伸ばせば届くところに私は眠っているのだから。

「……」

現状を話し、なんだか現実を直視させられた心地になってしまった。

もの悲しい気持ちになる。そんな私にフレイは言った。

「それ、絶対に何か行き違いがあると思うわ」

「え」

「だって毎晩抱きしめて眠って、しかも額にキスしてくるんでしょう？　そんなのなんとも思っていない相手にするはずないもの。あのセイリールなら、嫌いな相手と一緒のベッドで眠ること自体やらないと思うわ。セイリールって潔癖なところがあるように思えるし、お飾りの妻なら、平然と放置、くらいはやりそうじゃない？」

「……」

想像し、フレイの言葉を否定できないと思ってしまった。

確かにセイリールなら、それくらいやりかねないからだ。

そして私も最初はきっと初夜の床にすら来ないのではと考えていた。

いくら友人とはいえ、好きでもない女と一緒に寝たくはないだろう。手を出す気もないならなおのことだと。

でも、彼は結婚してから一度だって、私をひとりにしなかった。

いつも同じ寝室で、私を抱きしめて眠っていた。額に口づけて「お休みなさい」と声を掛けてくれた。

それは、友人のままだったならしなかったことだと断言できる……のだけれど。

「大丈夫よ！　セイリールってば結婚式の時だって珍しく嬉しそうな顔をしていたもの。何とも思っていないなんてあり得ないわ」

「……」

フレイも太鼓判を押してくれる。それに頷きたい。そうかもしれないと言いたい。だけど、だけどだ。どうしたって彼女の言葉に『そうですね』とは応えられなかった。だって——。

——セイリールは、まだフレイのことを吹っ切れていないもの。

結局はそういうことなのだ。

彼女が結婚してから、頻度を上げて何度も山に登っていた彼を知っている。

長く片想いを続けていた彼を一番近くで見てきたのだ。

傷ついた彼の心が癒えるにはまだ時間がかかると分かっていた。

だから、私を好きというのはあるはずがない。

ただ、結婚しなければならなかったから。その相手が私なら楽だと判断しただけのこと。

だがフレイは大丈夫だと何度も言ってくる。私の気も知らず、笑みを浮かべて、私の考えすぎだと告げるのだ。

それが耐えきれなくて、ついに口に出してしまった。

「――セイリールは、まだあなたに振られた傷が癒えていないいんです。だから私を好きとかないと思います」

「えっ……」

「……」

言ってしまったと思うも、出た言葉は今更取り消せない。

フレイは何も言わない。ただ、私を見つめるだけだ。

その視線から逃げるように、目を逸らした。

せっかく友人になれたフレイにこんなことを言いたくなかったのに。

自分の心の醜さが嫌になる。

「……それこそ、あり得ないわ」

ややあって、フレイがそう言った。ぱっと彼女を見る。フレイは真剣な顔をしていた。

「セイリールが私のことを好きだったのは本当よ。実際、皆の前でも言われたしね。でも彼がまだ傷ついているかと言えば、答えはノー。セイリールは完全に私を吹っ切っているって断言できるわ」

「な、何故ですか……」

信じられなくてフレイに尋ねる。彼女は肩を竦め、言った。

「だって、すっごくすっきりした顔で『お幸せに』って祝われたもの。あれを見て私、『ああ、彼の中で私への気持ちは終わったんだな』って納得したくらいだし。もういっそ見事なくらいに綺麗さっぱり私への気持ちなんてなくなっていると思うわよ。いまだ傷ついているとか、あのセイリールに限ってない、ないわ」

「……」

「彼が選んだのは間違いなくあなたよ。大体、あのセイリールを一所に留めておけるなんて、それだけでも大したものだわ。私には絶対にできないって言い切れる。ね、だから自信を持って」

「……でも」

私を勇気づけようとしてくれるのは分かるが、どうしても「そうですか。分かりました」とは納得できない。

複雑な顔をする私にフレイは駄目押しをするように言った。

「さっきも言ったけど、私、あなたとセイリールの間には、何らかのすれ違いがあるのではって思うの。絶対に勘違いがあるのよ。ねえ、一度セイリールと腹を割ってきちんと話し合ってみればどうかしら。憶測でものを語るのは良くないことだし、本人に聞いてみるのが一番よ」

「……憶測。そう、ですね」

痛いところを突かれたと思った。

今の今まで私は、セイリールは私を友人としか思っていない。まだ、フレイのことを忘れられていないとひとりで決めつけていた。

それは彼の態度や言動を見ての判断ではあったけど、セイリール自身に聞いたわけではないのだ。

真実がどうなのか、一度も確かめたことはなかった。

それはどうしてなのか。

分かっている。怖かったからだ。

セイリールから返ってくる答えを聞きたくなかった。自分にとって嫌なことを言われるのが辛くて、勇気を出せなかったのだ。

「……」

黙り込んだ私に、フレイは答えを急かさない。

私は唇を噛みしめ、今までとこれからのことを考えた。

そろそろ見て見ぬ振りをして過ごすのも、限界なのかもしれない。

聞きたくないから聞かないままでは、前へ進むことはできない。

目を瞑っているのにも限度がある。

……これは良い機会なのだ。

自分ひとりでは動けなかった私の背をフレイは押してくれている。ここで頑張って勇気を出せば、私は真実を知ることができる。

怖いけど。

まだ、見たくないと心は叫んでいるけれど。

それ以上に『ほんとう』を知りたいと思うから。

「……聞いてみます」

かなり悩みはしたが、私はそうフレイに言った。

躊躇う気持ちは大いにあるし、何を言われてしまうのか不安でいっぱいでたまらないけれど、私は真実を知る方を選んだ。

「私、セイリールにちゃんと、聞いてみます」

顔を上げ、フレイに宣言するように言う。

フレイは満足そうな顔をし「ええ、それが良いと思うわよ」と私の出した答えを尊重してくれた。

「それでは奥様、お休みなさいませ」

「……ええ」

◇◇◇

夜、寝る準備を整えて寝室に入る。いつものようにクルルが頭を下げ、出て行った。

ベッドに腰掛け、呼吸を整える。

昼間、フレイと話し、一度セイリールと腹を割って話してみようと決めた。

帰ってきてからも色々と悩みはしたが結論は変わらず、気持ちが萎える前にケリを付けてしまおうと今夜彼と話すことを決断した。

本当は夕食時にでも、時間を取ってくれとお願いしたかったのだけれど、今日のセイリールは仕事で遅くなるらしく、ひとりでの夕食だったのだ。

明日も早いと執事から彼の予定を聞いているので別日にしようか迷ったが、それで話せなくなったら本末転倒。大分悩んだが、寝る前の短い時間にさっと用件を済ませてしまえば良いと考えた。

セイリールは毎晩寝室に来るので、その時なら確実に話せるから。

「……ドキドキする」

帰ってきたセイリールは普段通りの様子に見えた。さすがに玄関ロビーの、皆が見ている前で『あとで話がある』なんて言えば誤解を与えてしまいかねないので、挨拶だけしてすぐに引っ込んだけれど。

夕食と入浴を済ませれば、彼もこちらに来るだろう。私はそれまで寝ずに待っていればいい。

「……」

胸に手を当てる。

先ほどからずっと緊張して、心臓がバクバクいっている。

ある意味、初夜の時よりよほど緊張しているのではないだろうか。

私がセイリールに真実を尋ねることで、私たちの関係がどう変化するのか、それが怖い。

「……まあ、変化なんてしない、か」

聞きたいのは、あの毎晩の抱き枕状態はなんなのかということと、フレイに気持ちが残っているかということ、そして、彼にとって私の立ち位置はなんなのかという三点だ。

もし、私が聞きたくなかった答えを言われたところで「そう、ありがとう。はっきりさせたかっただけだから」と言っておけば、セイリールもそれ以上は立ち入ってこないだろう。

大丈夫。私たちの関係は変わらない。だから聞きたいことを聞いても大丈夫なのだ。

何度も自分に言い聞かせる。

気を紛らわせるために、今日、フレイと話していた本を手に取って読んでみたが、まるで内容が頭に入ってこなかった。

すでに何度も読んでいる愛読書だというのに、全く読めない。

本すら読めないとは、と自分に呆れつつ、本棚に戻した。小さくため息を吐く。

後ろで扉が開く音がした。

「レイラ？　あれ、まだ起きていたんですか？」

「あ、セイリール」

振り返ると、そこにはセイリールが立っていた。彼はのんびりとこちらにやってくる。

「てっきりもう眠ったものだと思っていましたよ。……読書ですか？」

「え、ええ。昼間、フレイと話して、同じ本を愛読していることが分かったの。かなり盛り上がったから、もう一度読み返そうかと思って」

昼間のことを伝える。セイリールが驚いたように目を見張った。

「あれ、君、フレイ様のこと呼び捨てにしてるんですか？」

「……友人になったからってお願いされたの。王女殿下を呼び捨てなんて絶対にできないけど、今は侯爵夫人だし、ギリギリ許されるかなと思ったんだけど」

「本人が望んでいるのなら良いと思いますよ。へえ、一日でずいぶんと仲良くなったんですね」

「ええ。話していてすごく楽しい方だったし、趣味も合ったから」

「それなら紹介して良かったです」

にこりと笑い、セイリールが私に手を差し伸べてくる。その手の上に自分の手を乗せると、彼はベッドに連れて行った。

ふたりでベッドに入る。よし、話をするぞと思ったところでセイリールが言った。

「では、寝ましょうか。今日は忙しかったので些か疲れましたし……」

「ま、待って！」

慌てて話を遮った。

このままではいつもと同じ展開になってしまう。せっかく決意したのだ。

何も話せず朝を迎えて、また一日悶々とするとか絶対に嫌だ。

「話！　話があるの！」

「え……」

今にも目を瞑ろうとしていたセイリールが私を見る。

私は上半身を起こし、彼に言った。

「大事な話よ。そんなに時間は取らせないから少しだけ付き合ってちょうだい」

「……別に構いませんが」

セイリールも身体を起こす。

話を聞いてくれるつもりがあるようでホッとした。

「で？　わざわざ話さなければならないことって何ですか？」

早く寝たいのだろう。焦れた様子でセイリールが聞いてくる。

私も決断したのならさっさと言ってしまいたいので口を開いた。

「そ、その、ね。聞きたいことは三つあるの」

「三つ？　はあ、どうぞ」

「ま、まずは、あなたの中での私の立ち位置について、なんだけど」

「？」

分からない、という風にセイリールが首を傾げる。

「立ち位置って……妻、以外の何があるんです？」

「いや、それはそうだけどそうじゃなくて……何と言ったらいいのかしら。ええと、妻なのは対外的な名称じゃない。私が聞きたいのは実質的な意味なの。ほら、妻という名称ではあるけれど、実際は友人だと思ってる……みたいな」

自分で説明しておきながら、なんだか悲しくなってきた。

ああ、それですとでも言われたらどうしよう。いや、分かっていたことではないか。

覚悟は済んでいる。なんと言われても受け止めなければ。

深呼吸をし、セイリールを見る。彼はますます深く首を傾げていた。

「？　対外的とか実質的とか、意味が分かりません。妻は妻でしょう。確かに僕たちは長年友人関係にありましたが、その関係は結婚した際に夫婦という形に変わったと理解しています。……それとも、違いましたか？」

「……それって、セイリールは私のことを妻だと認識しているってこと？　お飾りの妻ではなくて？　妻に名称が変わっただけの友人とは思っていない？」

「思うわけないじゃないですか。当たり前でしょう」

ムッとした顔で言われたが、どうにも信じられない。

私を妻だと思っているのなら、やるべきことがあるではないか。

セイリールの言い方では、私が聞きたいことの答えにはならない。

私は彼にどう思われているのか、本当のところを聞きたいのだから。

これはもう、ズバリ聞かなくては埒があかない。そう判断した私は、ここまで来れば全部聞いてしまった方が気が楽だと再度覚悟を決めた。

声を震わせながら言う。

「……わ、私のこと……抱かないくせに」

「えっ……」

セイリールがギョッとした顔で私を見る。私は顔を真っ赤にしながらもう一度言った。

「私のこと、抱かないくせに！　妻だと思ってるのなら、そもそも初夜だってする筈でしょ!?　なんなのよ、毎晩額にキスして抱きしめるだけって。もう私、セイリールが何を考えているのか分からない！」

言った。言ってしまった。

結婚してからずっと私が思っていたこと。それをついにセイリール本人にぶつけた私は、羞恥に悶えながらも彼を睨み付けた。

「抱かない妻に何の意味があるのよ。そんなの友人だった時と何も変わらないじゃない。だからずっと疑問だったの。あなたは私をどう扱いたいのか。友人だと言うのならそれでもいい。はっきりそう言ってよ。その方が期待しないで済むだけマシだわ！」

「……期待？」

「あっ……」

慌てて口を押さえたが出てしまった言葉は取り消せない。

そこまで言うつもりはなかったのに、つい勢いに任せて言ってしまった。

焦る私にセイリールが驚いた様子で口を開く。

「……抱いて、良かったんですか？」

「え」

何かの聞き間違いかと思った。

大きく目を見開き、セイリールを見る。彼は気まずそうに私から目を逸らした。

「僕を夫ではなく友人と見ているのは君の方でしょう？　君は僕のことなんて好きでもなんでもない。それこそ世話の焼ける友人程度にしか思っていないはずだ。それを分かっていて、抱けるはずがありません」

「へ？」

「でも、僕は君のことが好きなので。せめて一緒に眠るくらいはしたいなあと思い、毎晩君を抱きしめて寝ていたのですが――」

「ちょっと、ちょっと待って……!?」

「はあ」

ストップと手のひらを彼に向け、言葉を止めさせる。

今、彼はなんと言ったのか。夢を見ていたのでなければ、私のことを好きとか言った気がするけれど。

何かが絶望的に食い違っている気がする。

何故か脳裏にフレイが現れ「ほら、私の言ったとおりだったでしょ！」と高笑いしていたが、全く言い返せない状況だ。

頭の中が酷く混乱している。それでもなんとか、これだけはと思ったことを告げた。

「あ、あなた……私が好きって……そ、そんな筈ないでしょ。だってあなたはずっとフレイのことが好きだったじゃない。彼女が結婚したことで失恋して……まだ傷が癒えていないのは私だって知っているわ。それなのに私が好きとかあるわけないでしょう⁉」

「フレイ様が好きだったことは事実ですが、それは過去の話でしょう。大体、彼女への気持ちは憧れのようなもので、彼女に振られた際、綺麗さっぱりなくなりましたよ。いっそ清々しいくらいでした」

その時のことを思い出したのか、セイリールがクスクスと笑う。

呆然とするしかない私に彼は言った。

「それにね、気づいたんです。僕がずっと側にいて欲しいのはフレイ様ではない、君だって。君が側にいると不思議と落ち着ける。いつもは煩わしい音も君がいれば気にならない。──君こそが、僕にとっての特別だったんだって」

「……な、何それ。都合良すぎない？」

「そう言われても事実ですから。フレイ様に関しては僕も驚いたんですよね。本当に全く引き摺らなかったので。自分でももっと落ち込んだりするものだとばかり思っていたんです。あんまりにも不思議なのでひとりで考えてみようと思って、ちょっと鉱山へ行く頻度を上げてみたりしたんですが……」

「そんな理由で頻繁に山に行っていたの⁉」

「ええ。あそこでなら考え事も捗《はかど》りますから」

「……」

しれっと肯定が返ってきて絶句した。

私は彼が失恋を引き摺っているのだと思い、可哀想に思いながら迎えに行っていたというのに、実際はただ考え事がしたかったからとか、ちょっと許せない。

「あの……ねえ」

「でも、お陰で結論は出ましたよ。とは言っても、正確には鉱山で篭もっている時に答えが出たわけではありませんが」

「ん？」

言葉を止めて私を見るセイリール。彼はにこにこと笑っていた。

「セイリール？」

「気がついたのは、君が僕を迎えに来てくれた時です。あの時、君は言いましたね。いつか自分も結婚するのだと。そしてそうなればもう、僕を迎えに来てはくれないのだと」

「……確かにそんなことも言ったわね」

セイリールが指している時がいつのことなのかはすぐに分かった。

何せその際に彼は言ったのだ。『いつ、結婚するか』と。

私にとってはある意味一生忘れられない日だ。

「あの時、僕、すごくショックを受けたんですよ。だって、君が僕を迎えに来てくれない時が来るなんて本当に思ってもいなかったんです。何の疑いもなく、ずっと側にいてくれるものだとばかり思っていました。……僕以外の男に嫁ぐ可能性があるなんて考えもしなかった。なんというか……衝撃的でした」

「……いや、そう言われても」

しみじみと告げられたが、こちらとしてはそりゃあそうだろうとしか言いようがない。

私だっていい年なのだ。結婚の可能性は当然あるし、できればしたいと思っていた。

結婚もせず、ずっとセイリールの面倒を見続けるとか普通に無理である。

微妙な顔をする私に、セイリールはマイペースに話を続ける。

「嫌だなって思ったんです。君が僕の側から離れてしまうのが。もう、僕を迎えに来てくれる君を見られないのが。それで、君は更に言うわけですよ。いい加減、独り立ちしろと。それか、迎えは僕の奥さんになる人に頼め、と。酷い話だと思いませんか?」

「全く、露ほども思わないわね。むしろ妥当じゃない?」

「それで、思ったんです。じゃあ、奥さんが君なら全ての問題は解決するな、と」

「解決するな、じゃない!」

全くもって酷い結論に、思わずツッコミを入れてしまった。

セイリールがぷくりと頬を膨らます。成人男子がやったところで全く可愛くなかった。

「だって、嫌だったんですよ。で、嫌だと思ったところでようやく分かった。僕は君を手放したくないんだと。どうしようもなく特別に思っているんだと。フレイ様のことは笑顔で祝福することができました。幸せになって欲しいと思えます。でも、君には同じことを思えない。僕の側で笑ってくれないのなら、いっそ不幸になってしまえとそんな風に願ってしまう」

「……」

「君だけは譲れない。それが分かった。分かってしまったんです。だから、僕はすぐに行動に移しました」

「行動に移したって、もしかしてあの『結婚をいつにする』とかいきなり言い出したやつ?」

私にとっては天変地異の前触れか何かかと思った、突然すぎる求婚とも言えない求婚のことを言うと、彼は素直に頷いた。

「そうです。さっさと外堀を埋めてしまおうかと。幸いなことに、両親から君を妻にどうかと聞かれていた直後でしたし。昔から、あのふたりは妙に君のことが好きなんですよね。まあ、フラフラとすぐに出て行く僕を確実に連れ帰ってくれる君を嫌いなわけないんですけど」

「……」

「だから、その話を使ってさっさと君を貰ってしまおうかと。もし、フレイ様の時みたいに、知らないうちに君を取られたら、今度こそ僕は狂ってしまうと思いましたので」

「なに……それ……」

聞かされた話に、理解が追いつかない。

「君が僕を世話の焼ける友人程度にしか思っていないのは知っていますが、結婚してしまえばとりあえずは誰かに取られることもありませんしね。時間を掛けて僕を好きになって貰おう。そう考えていたんですが――」

「待って」

「え？」

「それ、さっきも言ってたわよね。私があなたのことを友人としか思っていないって」

「？　ええ、事実でしょう？　だから僕は君を抱かなかったんですから。もし無理に抱いて嫌がられでもしたら、立ち直れる気がしませんよ。僕は君のことが好きなんですから」

「……」

恥ずかしげな様子のセイリールを見て、彼が本心からそう思っていたことが分かる。

なんだか……頭痛がしてきた。

私はわりと長い間彼に片想いをしてきたのだけれど、全く伝わっていなかったとそういうことなのだから。

――ああうん。伝えようとも思わなかったけど、でも、今となっては、なんとなく好意くらいは感じとって欲しかったかな！

我《わ》が儘《まま》だと分かってはいたが、そんな風に思ってしまう。

「……だけど」

「え？」

小さく呟いた言葉はセイリールには聞こえなかったようだ。

私は彼を見据え、もう一度しっかりと言った。

「私は！　ずっとあなたのことが好きだったんだけど!!」

「……」

セイリールが間抜けにもポカンと口を開ける。その様子を見て、彼が全く今の私の言葉を想定していなかったことが分かった。

ここまできたら、もう破れかぶれである。私はここぞとばかりに口を開いた。

「私は、ずっとあなたが好きだったの。友人なんて思っていたのは最初の頃だけよ。……あなたがフレイを好きだった時だって、私はあなたが好きだったんだから」

「え……ほん、とうに？」

信じられないという表情をするセイリールに頷いてみせる。

顔が真っ赤になっている自覚はあった。

「少し考えれば分かるでしょ。私がどうして十年以上もの間、あなたの世話を焼き続けていたのか。好きでもなければ、とっくに止めているわよ。私だって暇ではないんだから」

伯爵家の令嬢としての勉強や、同性の友人たちとの付き合い。

貴族の娘にはそれなりにやることがあり忙しい。

そんな中、時間を作って、わざわざセイリールを捜しに行くのだ。ただの友人としか思っていない相手にできることではないと思う。

「私はあなたが好きだったから、あなたを迎えに行って欲しいと頼まれても断らなかったの。結婚だってそうよ。あなたが好きだったから頷いた。でなかったら断っているわよ。他の女に気持ちを残したままの男になんて嫁ぎたいとは思わないもの」

「ぼ、僕はフレイ様に気持ちを残してなんて――」

「そう思っていたんだから仕方ないでしょ。とにかくそういうこと。……何よ、本当に全然気づいてくれてなかったのね。……セイリールの鈍感」

想いを伝えないことを選んだのは自分のくせに、恨み言のような言葉が出てしまう。

セイリールは目を白黒させていたが、申し訳なさげに項垂れた。

「すみません……その、僕、昔から人の気持ちを察するのが苦手で……」

「知ってるわよ。何年一緒にいると思ってるの。……さっきのは、八つ当たりみたいなものだから気にしないで。その……改めて聞くけど、本当に私のことが好きなの？　フレイの代わり……とかでもないのよね？」

「君の代わりなんて誰にもできません。僕が好きなのは、特別だと思っているのは君だけです、レイラ」

「……そう」

セイリールの言葉を聞き、ようやくじわじわと喜びの感情が湧き上がってきた。

私はセイリールにちゃんと妻だと思われていた。

抱かれないのは彼が私に気を遣っていただけで、本当は愛されていたのだ。

フレイではない。彼はちゃんと私を見てくれていた。

――嬉しい。

手に入れた真実をひとり噛みしめる。

彼に抱きしめられてもどこか虚しかった心が、温かいもので埋められていく気がした。

「セイリール……」

「なかなか言えなくてすみません。僕も臆病になってしまったみたいで、君にもし拒絶されたらと思うと、それくらいなら時間を掛けてゆっくりこちらを向いて貰えば良いと思ってしまいました。君を傷つけましたね。本当にすみません」

「ううん。私も今日まで何も言わなかったんだもの。お相子だわ」

首を横に振る。

本当にお互い様だ。

私もセイリールも相手に拒絶されるのが怖くて、自分の気持ちを言えなかった。

そうしてお互いに勝手な誤解をして、拗れたのだ。

私も彼も、相手の気持ちが自分にないと信じ込んでいた。

私は、彼がまだ失恋でできた傷で苦しんでいると思ったから。

セイリールは、うーん、あえて言うのなら、鈍かったから、だろうか。

私が彼の側にいる理由を、友人だからとしか思えなかった。

だから彼は彼で勘違いしたのだ。

「私たち……馬鹿みたいね」

話し合えば簡単に解決したのに、こんなにも遠回りしてしまった。

「フレイには感謝しなくちゃ……」

彼女が背中を押してくれなければ、きっと今日だってセイリールと腹を割って話そうなんて思えなかった。

そう思い、心から告げると、セイリールが首を傾げた。

「？　どうしてそこでフレイ様の名前が出てくるんです？」

「彼女が私の背中を押してくれたからよ。その……セイリールのことを相談したら、お互い勘違いしているように思うから、ちゃんと話し合った方が良いって助言してくれたの」

「フレイ様が？　そう……ですか。今度、僕からもお礼を言わないといけませんね」

「本当に」

しみじみと頷く。

最初は、セイリールの好きだった人としか思えなかったフレイ。だけど彼女は友人としてとても得難い人で、すぐに私は彼女を大好きになったし、今ではある意味私たちの恩人と言っても良い人となった。

「私も彼女にお礼を言わなくっちゃ。ありがとう、セイリール。フレイを紹介してくれて。私、彼女と友人になれて本当に良かった」

心から告げると、セイリールが手を伸ばし、私を抱き寄せた。

「えっ……」

「……僕も彼女には感謝していますが、それはあとでも構わないでしょう？　今はそれより大事なことがあるとは思いませんか？」

「大事な……こと？」

反芻しながら彼を見上げる。セイリールがじっと私を見つめてきた。どこか熱に浮かされたような。そんな表情は初めて見たので、ドキッとした。

「セ、セイリール？」

「僕は君が好きで、君も僕を好きだと言ってくれた。僕たちは想い合っている。そう、ですよね？」

「え、ええ」

改めて言葉にされると照れくさいがセイリールの言うことは間違っていない。

肯定すると、彼は私の頬に手を当てた。

酷く熱い。

まるで熱でもあるかのような熱さに驚いてしまう。

「あ、あの……」

「僕たちは想い合っていて、そして夫婦だ。――ねえ、君もさっき言っていたじゃないですか。どうして私を抱かないの、と。僕は君の気持ちが僕にないから抱かなかった。でも、そうではなかったと今は知っている。なら――初夜のやり直しをしたいと思っても良いですよね？」

「っ……！」

告げられた言葉の意味を理解し、息を呑む。

初夜のやり直し。

あの、安堵と同時に複雑な気持ちに駆られた、一睡もできなかった初夜。

それを嫌でも思い出した。

セイリールがそんな私を宥めるように言う。

「ねえ、レイラ。僕は君が欲しいんですよ。君を好きだと自覚してからずっと君に飢えていた。本当は額に口づけるだけで我慢なんてしたくなかった。抱きしめて眠るだけなんて、かえって拷問のようだと思った時もありましたよ」

「そ、そんなの……私だって同じだったわ」

愛されていないのに抱きしめられて眠る日々がどれほど辛かったか。

そう思いながら告げると、セイリールは笑った。酷く獰猛な笑いだった。

「だから、もうそんな日々は終わりにしましょう？　やり直すんです。僕たちがきちんと夫婦としてあれるように最初から」

「最初……」

セイリールの言葉にピクリと反応した。

それなら、どうしてもお願いしたいことがあったからだ。

「ねえ、セイリール」

「はい」

「最初からと言うのなら、誓いの口づけからやり直してくれる？　あの時あなた、それこそ額にキスしてくれただけだったでしょう？　私に気持ちがないからだと思って我慢していたけど、本当はすごく嫌だったし、好かれてなくても誓いの口づけくらいは、唇に欲しかったの」

ずっと心に秘めていたことを告げる。

結婚式の誓いの口づけ。

あれを唇に貰えなかったことが、私はずっと引っかかっていたのだ。

愛されていないと分かっている。だけど、一生を共に歩むと誓う口づけを額にというのはあんまりではないかと。

もちろんセイリールに言えるわけがないので黙っていたが、本当はずっと引き摺っていた。

「……そんなこと、思っていたんですか。僕としては、気持ちがこちらに向いていないのに唇にというのはさすがに罪悪感が強くて、避けてしまったのですが」

「セイリール、意外とそういうの、気にするタイプなのね」

「……君に嫌な思い出を残したくなかったんです。でも、良かれと思った選択が、逆に君を傷つける結果となってしまった。すみません」

ギュッと私を抱きしめながら、セイリールが嘆く。私はそんな彼の背に自分の両手を回した。

「……そうね。すごく傷ついたわ。でも、やり直してくれるのなら許してあげる」

思い出を塗り替えてくれるのならそれで良い。

何故なら、理由を聞いた今なら、その時の彼の心情も理解できる気がするから。

セイリールが私の身体を離し、こちらを見てくる。

黒い瞳は熱を灯したかのように揺らめいていた。

「もちろんです。じゃあ、その……良いですか？」

「……もう」

こういう時は、雰囲気で来てくれれば良いのに。

だけどわざわざお伺いを立ててくるところがどうしようもなくセイリールだと思ったので、嫌な気持ちにはならなかった。

でも、一応釘は刺しておく。

「……聞かないでよ。でも、ええ……良いわ」

セイリールが近づいてくるのを見て、目を閉じた。

「――愛しています、レイラ」

唇に熱が触れる。

初めてのキスは酷く優しく、そして全身が沸騰してしまうかと思うほど熱かった。

◇◇◇

「は……あ……」

堪らず小さく息を吐き出す。

唇を触れ合わせるだけの行為なのに、信じられないほどの多幸感に包まれていた。

想像していたよりも柔らかな感触。目を開くと、至近距離でセイリールと視線が合った。

「あ……」

ドクンと心臓が音を立てる。カアッと頬が熱くなっていった。

好きな人とキスすることができたのだと思うと嬉しくて堪らなくて、でも同時にどうしようもなく恥ずかしくて、どう反応すればいいのか分からない。

「セイリール……私……」

「――可愛い」

「んっ……」

頬を染め、彼を見つめると、もう一度唇を押しつけられた。先ほどとは違う力強さを感じる口づけ。

だけど勢いがつきすぎたのか、歯と歯がぶつかってしまった。

カチンという音と痛みで思わずお互い顔を離す。

気まずそうな顔をしたセイリールと目が合った。

「あ……」

「す……すみません……そ、その……慣れていなくて……初めてなものですから」

「いえ……わ、私もだから」

何故か謝り合う。

ふたりとも顔が赤い。でも、セイリールも慣れていないのかと思うと、なんだかとても嬉しいような気がした。

「ふふっ……」

「？　どうして笑うんです？」

「どうしてって……嬉しいから、かしら」

「？」

分からないという顔をする彼の手をそっと握る。

「……あなたが私と同じように誰も知らないというのが嬉しかったの。あなたとはずっと友人関係だったから恋人がいたところで私に文句を言う資格はないんだけど、私の前に誰かを知っていたら嫌だなって少しだけ思っていたから」

結婚するまで、私たちはただの友人でしかなかった。

だからセイリールが恋人を作ろうが、そういうことをしようが彼の自由だし、それを責めるつもりは当たり前だが全くないのだけれど、私が初めての相手だというのは本当に嬉しかったのだ。

セイリールの唇の感触を私以外、誰も知らない。彼がどのように女性に触れるのか、それを知るのは私だけなのだ。

「僕だって、同じ気持ちですよ」

「ん？」

「僕も、君が僕しか知らないと知って嬉しかったと言っています。当たり前じゃないですか。僕は君の全部が欲しいんですから」

「ん……」

握った手を引っ張られる。上手く支えられ、キスされた。先ほどの失敗を繰り返さないように注意を払ったのか、キスに慎重さを感じる。

セイリールは角度を変えて何度も口づけをしてきた。好きな人と唇が触れ合う感触に多幸感が刺激され、頭の中がフワフワする。

「は……ん……」

次第に身体から力が抜けてきた。トロトロに蕩けた私をセイリールは愛おしげに見つめ、後頭部を支えながらそうっとベッドに倒した。

柔らかいリネンの感触が背中に触れ、彼を見る。セイリールが私の上に覆い被さっている。

「あ……」

「レイラ、良い、ですか？」

「……うん」

何が良いかなんて、ここまで来れば誰だって分かる。

ドキドキしながら頷くと、セイリールは嬉しそうに笑った。

「……夢みたいだ」

「え？」

「毎晩、君を抱きしめて眠りながら、いつか君とこうなれたらと願っていたんです。まさかこんなに早く夢が叶うとは思わなかった……」

「……」

噛みしめるように言われ、私もうるっと来てしまった。

そんなの、私の方がずっと願っていた。

毎晩セイリールの体温を感じながら、どうして抱いてくれないのだろうと嘆いていたのだから。

ふたりとも同じ思いを抱えながらこの数ヶ月を過ごしていたのかと思うと馬鹿らしい話なのだが、私たちはどちらも真剣に悩んでいたのだ。

すれ違っていたことは悲しいし、がっくりきたのも本当だけど、同じ期間、彼も私を想ってくれていたのだと分かれば、仕方のなかったことだと思える。

私は彼に手を伸ばし、その身体を引き寄せた。

「セイリール、好きよ。ずっとあなたのことが好きだった」

「レイラ……」

吐息と共に名前を呼ばれ、ぞくりと身体が震える。

唇を重ねるだけの甘い口づけを何度も交わしていると、ややあって彼の唇が開き、私の口をまるごと覆うように齧り付いてきた。

「んっ……」

唇を食べられてしまうかと思うような口づけに驚くも、嫌悪は全く抱かなかった。

舌に下唇を舐められ、擽《くすぐ》ったくて緩く口を開く。それを待っていたかのように舌が口内に侵入してきた。

「んっ」

思わぬ状況に驚きはしたが、そういう種類のキスがあることを知っていた私は黙ってそれを受け入れた。

彼の舌が迷うように口内を彷徨《さまよ》い、やがて私の舌におずおずと絡み付いた。

スリスリと舌先で刺激され、声が零れる。

「んっ……ん、んんっ……」

舌の上をなぞられると、言い知れぬ快感が全身に走る。

寒気にも似た、だけど全く違う感覚に戸惑うも、それは決して嫌なものではなかった。

——こんな感覚、初めて……。

不器用に絡み付いた舌が、官能を刺激していく。口内にどちらのものとも分からない唾液が溜まっていく。彼の舌が動くたび、溜まった唾液の音がするのが恥ずかしかった。

「ん……」

耐えきれず、唾液を飲み干す。

ぼうっとしながらもセイリールを見上げると、彼はうっとりとした目で私を見つめていた。

「可愛い……本当に可愛いです、レイラ」

「セイリール？」

どこか熱に浮かされたようにも見える彼の名前を呼ぶ。彼は陶然とした様子で微笑むと、私の胸に軽く触れた。

「あ……」

「嫌、ですか？」

「う、ううん」

慌てて首を横に振る。

実は、寝衣の下には胸を覆う下着はつけていないのだ。だから布一枚とはいえ、彼の手の感触を感じ、思わず声が出てしまった。

それを彼は拒否していると感じたのだろう。すっと手を引っ込めた。その手を慌てて摑む。

「だ、駄目」

「え……」

「わ、私、嫌だなんて言ってないわ。その……さっきから初めてのことばかりで緊張して驚いているだけで、セイリールに触れられるのは嬉しいの。本当よ」

せっかくここまで漕ぎ着けたのに、今のちょっとした反応だけで拒否しているとみなされ、なんなら続きはまた数ヶ月後に……なんて展開になるのは絶対に嫌だ。

私はもうこれ以上は一秒たりとも待ちたくない。

顔を真っ赤にしながらも必死に告げると、セイリールはポカンとした顔をし、ぱちぱちと目を瞬かせた。そうして私の言った言葉を理解したのだろう。やがてジワジワと私と同じように顔を赤く染めていった。

「そ、そう……ですか。い、嫌じゃないんですね」

「え、ええ」

「よ、良かったです……」

「う、うん……」

なかなかに情けないやり取りだが、お互い必死だったし、わりといっぱいいっぱいだった。

セイリールが確認してくる。

「そ、その……では、続けても？」

「お、お願いします……」

お願いも何もないのだが、思わず頷いてしまった。

そんな私を見てセイリールは少し笑い、顔を近づける。

「んっ……」

唇を触れ合わせ、その間から舌を捻じ込むキス。

濃厚な口づけに応えていると、彼の手がそっと胸に触れるのが分かった。

――ひゃっ。

また大袈裟に反応しそうになるが、再度誤解されてはかなわない。

できるだけそちらは気にしないようにした。

「んっ、んっ……」

唾液を交換する淫らな口づけを交わし続ける。寝衣の上から乳房に触れたセイリールがやんわりと全体の形を確かめるように揉む。

「んんっ……」

薄い布一枚越しに触れられているのが酷く恥ずかしく感じる。彼の指が胸の先端に掠った。

敏感な場所に触れられればどうしたって声は出てしまう。

「あっ……」

思わずセイリールにしがみついた。私の反応を見た彼は目を細める。

「可愛い」

「っ……」

低くも甘く囁かれた言葉に、全身が燃えるように熱くなった。

セイリールが寝衣を結んでいたリボンを解いた。どこか嬉しげに彼が言う。

「このリボンもいつも解いてやりたいって思っていたんです。君を感じるのに邪魔ですから」

「べ、別にそうしてくれても良かったのに」

私は彼の妻なのだ。彼には私を抱く権利があるし、だからもしそうされても拒否しなかった……というか、抱いて欲しかったし。

「駄目ですよ。僕は君が僕を好きだなんて思っていなかったんですから。僕だけが好きで行為に及んだところで、それは虚しいだけです」

「セイリール……」

「君に望んで貰わなくては意味がない」

言いながら寝衣の合わせを開く。彼の目には上半身裸の私が映っていた。

下着一枚身につけただけの私を見たセイリールは嬉しそうに微笑んでいる。

「……綺麗です」

「っ、あ、ありがとう……」

男性に肌を見せるなんて初めてのことなので、とにかく恥ずかしくて仕方ない。

それでもグッと堪えていると、彼は下着に手を掛けた。

「腰を浮かせてもらってても？」

「あ、はい」

もう!?　と心の中で叫びつつも言われた通りに腰を浮かせた。

するりと下着が抜き取られる。あっという間に全裸になってしまった。

――うう……恥ずかしい。

緊張しすぎて心臓はおかしくなくらいにバクバクと脈打っているし、今にも倒れてしまいそうだ。

必死に自分と戦っていると、セイリールも着ていたナイトローブを脱ぎ始めた。

――あ。

初めて見た夫の裸に思わず見惚れる。

彼の身体は特別鍛え上げられているわけではなく、おそらく男性としては標準的なのだろうが、好きな人の裸と思うと素晴らしいように思えるのだから不思議なものだ。

細身ではあるが、女性とは全然違う広い肩幅。腹には薄らと筋肉がついている。

己の状況も忘れ、ぼうっと見惚れてしまった私ではあるが、彼が穿いていた下着を脱いだところで我に返った。

——!?

初めて見た男性の性器は驚くほどにグロかった。

腹まで反り返った肉棒は太く、茎には血管が浮き出ている。色も肌色というよりは少し赤みがかっていて、鈍器か何かではないのかと本気で疑ってしまった。

大きく張ったエラのような肉傘も私を抉る凶器にしか思えない。

——こ、これが私の中に入るの?

つい、信じられない気持ちで凝視してしまった。

「……あまり見ないで下さい。恥ずかしいです」

「あ、その……ごめんなさい」

セイリールの口から恥ずかしいという言葉を聞き、自分が彼の肉棒をガン見していたことにようやく気づく。

いや、だって、本当にあの凶器が私の中に入るのだろうか?

正直信じられないし、信じたくない。

——い、いや、無理でしょ。

冷や汗が流れる。

だけど今更「無理です」とは言えないし、私としても言いたくない。

何せ、ようやく漕ぎ着けた初夜。どうにかして本懐を遂げたいのが本音なのだから。

──お、女は度胸。や、やれるわ……多分！

多分と言ってしまった辺りが我ながら情けないが、初めてなのだから恐怖を覚えるのも仕方ないではないか。

それでもなんとか覚悟を決め直す。

セイリールときちんと夫婦になりたい気持ちは今も強く、どんなに怖くても引き返すつもりはなかった。

「……触りますよ、良いですか？」

「え、ええ」

慎重にお伺いを立ててくるセイリールに、息をひとつ吸い込んでから頷く。

彼は私に覆い被さりキスすると、裸の胸に優しく触れた。

「んっ」

ダイレクトに伝わる感覚に身体が跳ねる。

布一枚ないだけでこんなに違うのかと自分でも驚きだった。

あの頼りない薄布一枚があるのとないとでは全く違う。触れられた場所から彼の体温が伝わり、ドキドキした。

「君の心臓の音が伝わってきます。すごく緊張しているんですね」

「あ、当たり前でしょ。初めてなんだもの」

「ええ、僕も同じです」

そう言い、セイリールは唇に軽く口づけをしたあと、首筋にキスを落とした。

慣れぬ感覚。だが不快ではなくむしろ心地良い。

唇はどんどん下へと降りていく。筋をなぞるようにキスされるのは擽ったく、私はクスクスと笑った。

「ふふ……擽ったいわ」

「そうですか？　僕はすごく気持ち良いです」

セイリールが言っているのは胸の話ではないのだろうか。

先ほどから触れているだけだった手が、膨らみを揉みしだき始めているのだから。

彼の指が乳房に沈む。やんわりと触れられるのは恥ずかしいけど悪くない。

「んっ、ん……ああっ」

突然、キュッと胸の先端を二本の指で摘まれた。甘い痺れが何故かお腹に伝わる。

ドクンという音と共に、愛液が腹の中から溢れ出したのが分かった。

「ふあっ……セイリール……」

「可愛く尖っていましたのでつい……。痛かったです?」

「だ、大丈夫だけど……あんっ」

もう一度軽い力でキュッと摘ままれ、甘い声が出てしまった。

私の反応を見たセイリールが嬉しげに笑い、鎖骨をペロリと舐めた。そうして強く吸い付く。

「んっ」

チクリとした痛みが走る。思わず声を上げてしまった。

「な、何?」

「──なんでもありません。キスしただけです」

「キスがこんな痛いわけないじゃない。もう……んんっ、また……!」

もう一度チクリとした痛みに襲われる。セイリールは何度か同じ行動を繰り返した。

吸われた場所がジンジンと痺れている。

何をしているのかと思っていると、彼は今度は乳首を口に含み、強めの力で吸い立てた。

「あああっ……!」

いきなり強烈な快感が私を襲った。

これまでにない官能を強く刺激する愛撫に、快楽から涙が出そうになる。セイリールは胸の先を口に含んだまま、コロコロと舌で舐め転がし始めた。

「あんっ、あんっ……あっ、吸っちゃや……！」

キュウッと吸い付かれるたび、お腹の中が熱くなるのだ。セイリールは熱心に乳首を吸い、もう一方の胸を指で弄った。

指の腹で尖った先端を転がされる。それはそれで気持ち良く、嬌声が止まらない。

「ひあっ……ああっ……も……無理っ……」

身体を捩ろうとしても逃げられない。

連続して胸に刺激を受けた私はみっともなく喘ぎ続けた。

その間も私の中から生み出された愛液がトロトロと蜜道を通り、蜜口を濡らしていく。

「君の胸……すごく、美味しいです……」

散々乳首を吸い立てたあと、セイリールが顔を離し、にこりと笑ってそう言った。

吸われた場所が痺れている。

指で弄られた胸にも同様の疼きを感じており、何故か腰を揺らしてしまう。

「足、開けますね」

「あっ……」

セイリールが身体を起こし、閉じていた足を左右に開いた。

「ひゃあっ……」

「ああ……すごい……濡れてる……」

うっとりとした声でセイリールが言うが、こちらはそれどころではない。

今まで誰にも見せたことがなかった場所をいきなり大きく開かされたのだ。そうする必要があることは分かっていたが、先ほどから散々愛液が体内から零れ落ちていたのは自覚していたので、それを知られたのが恥ずかしかった。

「やあ……見ないで。恥ずかしい……」

羞恥に耐えきれずそう言うと、セイリールはより私の足を大きく広げさせた。

「ひっ」

「駄目ですよ。もっとよく見せて下さい。僕と君が繋がる大事な場所を。ああ……僕を迎え入れる場所が薄らと開いている。肉ビラが蜜で艶めいて美しいですね。中、見ても良いですか？」

「だ、だめっ……」

恥ずかしすぎる台詞を陶然と告げるセイリールにギョッとした。慌てて足を閉じようとするも、彼の身体が足の間にあり、閉じることができない。

セイリールは二枚の花弁に触れると、その花弁を容赦なく開いた。

「ひっ……！」

「へえ……興奮しているのかな。少しヒクついているみたいです」

「せ、説明してくれなくて良いからっ」

頼むから、そういうことは止めて欲しい。

それでなくとも私はもういっぱいいっぱいで、頭が茹で上がりそうなのだ。これ以上色々言われると、本当に爆発してしまう。

「い、言わないで……お願いだから……」

「そう、ですか？　君がそう言うのでしたら。でも、触っても構いませんよね？」

「……え、ええ」

聞くな！　と叫びたかったが、なんとか頷いた。

本当に、ますますもって恥ずかしい。

セイリールの指が蜜口にそっと触れる。濡れた音がして羞恥で泣きたくなった。

彼は軽く蜜口の形をなぞるように指を動かすと、その上にある小さな突起に触れた。

「っ⁉」

途端、雷が落ちたかのような衝撃が全身に走った。

ビリビリとした刺激は今まで感じたことのないもので、大きく目を見開く。

刺激から逃げるように無意識に身体を捩ってしまう。

「――ああ、駄目ですよ。逃げては」

「だってっ……ああっ！」

もう一度、同じ場所に触れられた。強烈な快楽に襲われる。

　ぐりっと強めに押し潰され、悲鳴にも似た声が出た。

「きゃあっ……！」

「ここ、女性は一番感じる場所だって話ですけど、本当みたいですね」

「やっ、あっ、あっ……ああっ！」

　クリクリと指の腹で陰核を弄られ、目の奥に火花が散った。

　身体が震える。自分の身体にこんなに感じる場所があるなんて知らなかった。

　軽く触れられただけでも泣きそうなくらいの悦楽に襲われるし、強い刺激に耐えきれなくて、逃げるように腰を浮かせてしまう。

「だから、逃げないで下さい。僕は君に気持ち良くなって欲しいんですから」

「っ！」

　ピン、と陰核を指で弾かれ、声にならない悲鳴が出た。

　先ほどから愛液がひっきりなしに蜜口から溢れ出しているのを感じる。

　小さな突起を弄られるほど、腹の奥が熱くなって、何か得体の知れないものが降り積もっていくような気がした。

「ああっ……ああっ……セイリール……駄目っ……」

「駄目と言われても……気持ち良くありませんか？」

「気持ち良いから、駄目なのっ……！」

過ぎた快感は毒でしかない。

頭はすっかり茹で上がり、酩酊にも似た感覚に襲われている。

蜜道が切なげに収縮を始め、もうまともにものを考えられるような状態ではない。

「ああ、良かった。ちゃんと気持ち良くなってくれてるんですね」

なんとか頷く。お願いだからその陰核を弄り続けている手を止めて欲しい。

身体がおかしくなくらいに震えて止まらないのだ。

涙目になりながらも彼を見ると、セイリールはにっこりと笑った。

「気持ち良いなら良いですよね。では、続けます」

「ッ!?」

――嘘でしょ!?

酷すぎる言葉に目を見開くもセイリールの指の動きは止まらない。私の弱い場所を正確に攻め立ててくる。

「あ、あ、あ、あ……」

やがて、耐えきれない何かが迫《せ》り上がってきた。それは腹の奥から生じ、今にも弾けんばかりに私を包んでいる。

助けを求めてセイリールを見る。彼は容赦なく、ぐりっと陰核を押し潰した。

「アアアアアッ!!」

バチバチッと目の前で星が散ったような気がした。

すうっと何かが身体の中を走り抜けていく。全身が痙攣《けいれん》し、そして力が抜けた。

まるで全力疾走した時のように身体から汗が噴き出している。

「はあ……はあ……」

「イったんですね。可愛かったです」

「……」

「愛してますよ、レイラ」

嬉しそうに言うセイリールをぼんやりと見る。イった、つまりは達したと言われ、これがそうなのかと思うも、碌に言葉を返せない。それくらいには疲れたのだ。

ぐったりとする私を余所に、彼は行為を続けていく。

蜜口に指が触れる。何をされるのだろうと思ったところで、彼の指が中に入り込んできた。

「あっ……」

「すごい。イった直後だからでしょうか。中が複雑に蠢《うごめ》いています。……ここに僕のを挿入したらさぞ気持ち良いんでしょうね。――早く君の中に入りたい」

ゴクリと喉を動かし、セイリールが告げる。

その表情は欲に塗《まみ》れていて、私の嬌態に彼が反応しているのがよく分かった。

セイリールが徐々に指を埋め込んでいく。

キツイと感じたが、幸いにも痛みはなかった。

「大丈夫ですか？　痛みはありますか？」

「だ、大丈夫、だけど……」

本音を言わせてもらえるのなら、もう少し待って欲しかった。

何せイった直後で身体がまだ、まともに動かないのだ。

それでもセイリールが嬉しそうにしている様子を見てしまえば、もうちょっと待ってなんて言えるわけがない。

「んっ……」

彼の指が膣壁を擦る。身体の内部から与えられる刺激は外からのものとは全然違った。

どこか鈍い感じがするのだけれど、気持ち良い場所に触れられると外側からよりも感じられる。

彼は私の反応を見ながら器用に指を動かし、蜜道を少しずつ広げていった。

「指、増やしますね」

少し慣れてきたところで指の数が増やされる。ようやく広がり始めた膣道に男の人の指二本は厳しかったが、すぐにそれも気にならなくなった。

蜜孔を広げるように指を動かされるのだけれど、それも段々気持ち良く思えてくる。

「はあ……ああ……気持ち良い……」

思わずという風に告げる。セイリールも嬉しげに言った。

「もっと気持ち良くなって下さい。君の感じている顔を見るのは僕も楽しいんです。可愛すぎて、今すぐにでも食べたくなって困りますけど……」

「あ……」

そう言われ、行為を始めてからかなりの時間が経過していることに気がついた。

セイリールは全く急ぐ様子もなく、丁寧に私を解してくれていて、そのお陰で私は全く痛みとは無縁で怖い思いをすることもなかったのだけれど、考えてみれば彼はずっと苦しいままなのだ。

チラリと彼の肉棒を見る。

肉棒は最初に見た時よりも大きくなっているように思えた。元々腹につかんばかりに反り返っていたが、もっと直立しているように見える。

先端からは透明な液が滲み出ていて、彼が相当我慢しているのだということが分かってしまった。

「セ、セイリール……」

「なんですか？」

「そ、その……辛くないの？」

馬鹿な質問だ。しまったという顔をする私に、セイリールが言う。

「辛いですけど、君に嫌な思いはして欲しくないですから。でも……君さえ良ければ、そろそろ挿《い》れても良いですか？」

じっと目を覗き込まれ、聞かれる。私はすぐに首を縦に振った。

これ以上セイリールに我慢を強いるのは申し訳ないと思ったし、私自身、彼を受け入れたいと感じていたからだ。

屹立を見て怖いと感じたのは本当で、今だって本当は少し怯えている。だけどそれ以上にセイリールとひとつになりたかったし、この先を彼とふたりで進みたかった。

「嬉しいです」

セイリールが指を引き抜き、私の足を抱える。

すっかり大きく開いた蜜口に亀頭が擦りつけられる。ぬちっという音が耳を塞ぎたくなるくらいにいやらしかった。

「挿れますよ」

「え、ええ……」

ドキドキしつつ頷く。この彼の大きなものが、本当に私の中に入るのか不安はあったが、ここまで来ればセイリールに任せるしかない。

先端が花弁の奥へと潜り込む。まだ入り口だからだろうか。痛みは感じなかった。

「大丈夫ですか?」

「だ、大丈夫……」

ギュッと目を瞑る。自分の意思とは無関係に身体が強ばった。セイリールが困ったように言う。

「すみませんが、力を抜いてくれますか?」

「わ、分かっているけど、難しくて……んんんっ!」

セイリールがグッと腰を進める。浅い部分を緩く行き来していた肉棒が隘路へと侵入してきた。

「っ……!」

狭い場所を割り開くように進んでくる。かなり痛い。

反射的により身体に力が入ってしまった。セイリールが苦しげに顔を歪める。

「す、すみません……少し、我慢していただけると……」

「ご、ごめんなさい。つ、続けてくれて大丈夫だから」

さすがに今のは私が悪かった。

痛みをやり過ごし、必死に力を抜く。

「はあ……」

「くぅ……」

セイリールも辛そうだ。私がなかなか力を抜くことができていないせいだろう。その中でも彼はゆっくりと、だけど確実に腰を進めていく。幸いなことに新たに痛みが生じることはなく、やがて彼は肉棒を全て私の中へと押し込んだ。

蜜道にみっちりと肉棒が嵌まっている。

拓かれたばかりでまだ硬い肉筒に余裕はなく、少しの隙間もないように思えた。

屹立はドクンドクンと脈打っており、それがダイレクトに伝わってくる。

自分のものではない彼の一部が身体の内部にいるのだと弥《いや》が上《うえ》にも実感した。

「はあ……入りましたよ」

「ん……」

悦に入ったような声に、無意識のうちに瞑っていた目を開く。私の両足を持ち、腰を押しつけた彼は額にびっしりと汗をかいていた。思わず手を伸ばす。

「だ、大丈夫?」

「それを言うのなら君の方でしょう。痛みは?」

「あ……今は殆どないわ。痛かったのは最初だけみたい」

「そうですか。それなら良かった」

息を吐き、セイリールが私を見つめてくる。

「やっと、君とひとつになれた……。嬉しいです」

「っ！　わ、私も！」

彼の口から紡がれる素直な言葉に、私も同意を返した。

実際、嬉しかったのだ。

だって私はずっとセイリールのことが好きだったのだから。

「私、今、すごく幸せよ……えっ……!?」

ドクンという音と共に肉棒が中で膨らんだ。ただでさえギリギリだったのに、これはキツイ。肉棒が膣壁を圧迫する感覚に、セイリールを見てしまう。

「セ、セイリール……今……」

「すみません。君の言葉を聞いたら嬉しくなってしまって……」

「……」

喜びで大きくなったと言われれば、文句は言えない。

黙り込んでしまった私に、セイリールが申し訳なさそうに言う。

「正直、このままじっとしているのは辛いんです。君さえ良ければ動いても構いませんか？」

「え、ええ」

「ありがとうございます。愛していますよ、レイラ」

「んっ……わ、私も……」

奥まで嵌まっていた肉棒が半分ほど引き抜かれる。肉傘が膣壁を擦っていく感覚にゾクリと身体が震えた。

セイリールが肉棒を奥へと打ち付ける。味わったことのない感覚に、腹の奥が痺れた気がした。

「んんんっ……」

「はあ……気持ち良い……」

ゆっくりと、中を味わうようにセイリールが肉棒を抽送する。

私を慮《おもんばか》ってくれているのだろう。彼の動きはゆっくりとしたものだったが、初めて味わう身体の内側から与えられる刺激は思うより強烈で、気づけばあられもない声を上げてしまっていた。

「あっ、あっ、あっ」

「可愛い……レイラ、すごく可愛いです」

「ひんっ……」

彼が上半身を倒し、耳元で囁いてくる。その声にも身体が勝手に反応してしまう。

「んっ……」

キスをされる。

舌を絡める濃厚な口づけに喜んで応えた。背中に両手を回し、ギュッと抱きしめる。

「んっ、んんっ……」

セイリールは細かく腰を動かしている。

膣奥まで届いた肉棒が、気持ち良い場所を何度も押し上げていく。グッグッと亀頭で最奥を押されると、それに反応して蜜が溢れ出してしまう。

「はあ……ああ……セイリール……」

「ん……君の中……とても気持ち良いです。僕を締め付けて離さない。段々中も解れてきましたね。痛みはありませんか？」

「大丈夫。ちゃんと……気持ち良いから……」

恥ずかしかったけど正直に伝えた。

嘘を言って、セイリールの顔を曇らせたくなかったのだ。

私の言葉にセイリールはホッとした顔をした。

「良かった。……その、そろそろ出しても良いですか？　僕も、その……初めてなので限界で」

「えっ、ええ」

言われた意味を理解し、ボッと顔が赤くなった。

セイリールは身体を起こすと、私の足を抱え直し、腰の動きを速めていく。

ゆっくりだった動きが速くなることによって、得られる快感も跳ね上がった。

「あっあっあっ、あんっ……」

多量の愛液で滑りが良くなった膣内をセイリールがガツガツと打ち付ける。

痛みはなく、ただ気持ち良いだけだった。

セイリールの動きに翻弄される。

堪らず彼の名前を呼んだ。

「セイリール……っ！　私、もう……！」

「レイラ。僕もです……僕も……イく……」

最奥に肉棒が押しつけられる。しばらくして温かなものが腹の奥に広がっていった。

「はあ……はあ……」

じんわりと彼の放った精が身体の中に染み渡っていく。

セイリールは身体を再度倒すと、私の顔中にキスをし始めた。

「セイリール？」

「すごく良かったです。こんな気持ち良いことが世の中にあるなんてと思うくらいに気持ち良かった。きっと君が相手だからでしょうね。レイラ、君を愛しています。なかなか言えなくてすみませんでした。これからは愛情表現を怠らないようにしますから、どうか僕を許して下さい」

「そ、そんな……それは私も悪かったことだもの」

すれ違いは片方だけがしていたわけではない。私も思い込みで、最初から諦めていたという罪がある。

だからセイリールだけを責められないし、こうしてきちんと夫婦になれたのだから、もうそれでいいと思っていた。

額や頬、唇。あちらこちらにキスを落とすセイリールを見つめる。

穏やかに微笑む彼を見ていると、愛おしいという気持ちが止めどなく溢れてきた。

「セイリール、愛してるわ」

「僕も、君を愛してます」

見つめ合い、自然と目を瞑る。

再度唇に口づけが落ち、自然と笑った。

——こうして、すったもんだありはしたが、ようやく私たちは新婚夫婦としての生活をスタートさせることができたのだった。

第四章　やり直しの新婚生活

あの初夜のあと。

無事、すれ違いを解消させた私たちの関係は、劇的に変わった。

全ては互いに、相手は自分を好きではないと思い込んだことから始まった今回の話。解決してしまえば、遺恨など残りようもなく、待っていたのはこれぞ新婚夫婦と呼ぶべき甘い蜜月だった。

その中で一番意外だったのは、セイリールが実はイチャイチャタイプだったことだろうか。

誤解が解けてからは、屋敷にいる時はいつも彼は私の側にいて、部屋を移動しようとしてもついてくる始末だ。

そしてそれを鬱陶しいと思えない時点で私も似たようなもの。

彼と気持ちが通じ合ったことが嬉しくて、昔の私なら『いい加減にして』と叫んだであろうセイリールの行動も、可愛いものだとしか思えない。

元々仲が悪かったわけではないが、より親密になった私たちの様子を見た使用人たちは、にこにこと笑いながら私たちを見守ってくれている。

ちょっと恥ずかしい心地もするが、受け入れて貰えるのは有り難いことだ。

もちろん、色々お世話になったフレイにも報告した。

彼女のお陰で上手くいったと言っても過言ではないのだ。お礼を言うと、フレイは「気にしなくて良いわ。丸く納まって良かった」と笑ってくれて、本当に彼女と友人になれて良かったと思った。

夫との仲は改善し、友人との関係も良好。

全てが良い方向に向かい、なんの憂いもない日々。そんなある日、私はセイリールに誘われ、朝からデートに出掛けていた——。

◇◇◇

「ちょっと聞いていいかしら。どうしてデートが山登りなの？　しかもこの山、鉱山よね？」

「あ、バレましたか？」

私の隣を歩くセイリールが、悪戯が見つかったみたいな顔をする。ちょっと可愛いと思ってしまった自分を殴りたい気持ちになりながらも文句を言った。

「バレないとでも思った？　もう、デートに連れて行ってくれるというから楽しみにしていたのに、まさか山登りなんて……」

「君は分かっていたでしょう？　だってその格好、僕を迎えに来てくれる時と同じですし……」

「嫌な予感がしたのよ」

朝起きて、突然「今日はデートをしましょう」と言ったセイリール。

デートの言葉に私の胸は高鳴ったが、朝食後、着替えた彼を見て、おかしいと思ったのだ。

彼の格好は軽装かつシンプルで、動きやすいもの。

シャツの上に色物のジャケットを羽織っただけで、別に悪いとは言わないが、たとえば町中のカフェに入るとすれば、少々不適切だと思えた。

身分のある男性は、人前に出る際はどんな時でもそれなりの格好をしなければならないのだ。そしてセイリールは国王の相談役で、伯爵の位を持つ。

つまりはどう考えたって、町中に行くとは思えないというわけ。

結果、賢明な私は黙って普段セイリールを迎えに行く時の格好を選択したわけだ。

本音を言えば、可愛い衣装を着たかった。

まだ下ろしていなかったワンピースだってあるし、夫との初デートなのだ。できるだけ綺麗にしたいのが乙女心ではないだろうか。

だが、山を舐めてはいけない。

もし小綺麗な格好をしたまま山へ連れて行かれるなんてことになれば、間違いなく後悔するのは私。

山道をヒールで歩くのは避けたいし、お腹を締める服を着ていくのも言語道断である。

緩めのワンピースと編み上げのブーツ。そしてつばの広い帽子という格好で現れた私を見て、セイリールはにっこりと満足そうに笑っていたが、蓋を開けてみればやはりという感じだった。

屋敷を出る時、彼は執事から荷物の詰まったバックパックを受け取っていたし、外に出た瞬間、町の中心地とは反対方向に歩き始めたのだから。

「いやあ、そういえば最近、山に行っていないなと思いまして。久しぶりに鉱山の洞窟で石の声を聞きたくなったんですよ」

ウキウキと楽しそうに言うセイリールを見て、ため息を吐く。

まあ、仕方ないと思ったのだ。

何せセイリールは音が聞こえすぎてしまう人だ。

我慢して我慢して耐えきれなくなって、静かな場所へと逃げ込む。そんな彼は何故か私と結婚してから一度も山へ行っていなかった。

そろそろ色んな意味で限界なのではないかと危惧していたところでもあったので、こうして出てこられたのは良かったのかもしれない。

ひとりでフラフラと出て行かれるよりは、誘って貰えた方が私も安心だし。

それにセイリールが言ったのだ。

「たまにはひとりでではなく、君とふたりで行きたいなと思ったんです。ひとりでではなくふたりで。……僕のこと、おかしいと思いますか？」

と。

いつもならひとりで向かう場所を私も連れて。

それは彼が私を特別な人間だと認識している証拠に他ならず、そこに気づいてしまえば山登りだろうがなんだろうが、行くしかなかった。

惚れた相手には弱くなるという話を聞いたことがあるが、それは本当のことだと思う。

初デートが山を登った先にある洞窟で、中に入って石の声を聞くのが目的でも、デートはデートだと思い切れるのだから。

ちなみに今日に限っては、護衛は連れてきていない。

私がひとりなら、護衛なしというのは許されなかったし私もしようとすら思わなかったのだけれど、セイリールがいるのだ。

普段からひとりで行動している彼と一緒ならまあ、ということで目溢《めこぼ》しをしてもらった。初デートだからと皆が気を利かせてくれたということもある……いや、多分そちらが理由の八割以上を占めているだろう。うちの使用人たちは私たちに甘いところがあるから。

「どこまで行くの？」

今日来ているのは、うちの屋敷からも見える近場の山で、昔は金山としても知られていた。今は金は採れなくなったのだけれど、山登り用としては現在も使われていて、王都から近いことからも人気のスポットとなっている。

基本、人ができるだけいない場所を好むセイリールが選んだとは思えない場所だが、彼はずいぶんと機嫌良さそうで、楽しんでいるのなら良いかなと思ってしまう。

「あ、ここ。ここから道を逸れますね」

山の中腹部に来た辺りで、突然セイリールが木々が生い茂っている場所を指さした。

どうやらここからお目当ての洞窟へ向かうらしい。

いつものことなので特に驚きはしない。彼のあとに大人しく続いた。

道なき道を行き、やがて拓けた場所に出る。そこには崖があり、大きな洞窟がぽっかりと口を開けていた。

セイリールが自信満々に言う。

「この洞窟！　穴場だと思いませんか!?」

「……穴場も何も、あなた以外に好んで洞窟に篭もる人はいないわよ」

「そうですか？　静かだし涼しいし、落ち着くのに」

「虫が出ないのならまあ、賛同しても良いけど、あなたのいる洞窟って四割くらいの確率で虫やコウモリがいるのよね。それだけは勘弁して欲しいわ」

「僕は気になりませんが」

ふうんと首を傾げるセイリールを睨み付ける。

彼は私と違い、虫がいようが全く平気なのだ。そういうところ、少しだけ羨ましい。

「私は気になるの。あなたがいるのかと洞窟を覗き込んだら、コウモリが出てくるのよ？　最初の時なんか思いっきり悲鳴を上げたんだからね」

昔のことを思い出しながら言うと、セイリールがポンと手を打った。

「あ、それ覚えています。外から女性の悲鳴が聞こえてきたから、『せっかくゆっくりできているのに誰が邪魔をしに』って様子を見に行ったんですよね。そしたら君が蹲《うずくま》って頭を抱えて震えていて……うん、あれは面白かったです」

「どこに面白い要素があったのか、詳しく教えてくれるかしら」

「どこにって……全部が全部面白いと思いますけど」

真面目な顔で断言され、閉口した。

おじさまたちに頼まれ、セイリールを捜しに行き、ここだと見つけた洞窟。やれやれようやくと思いながら入ろうとした私の顔に洞窟から出てきたコウモリがぶつかったのだ。

あんなの、私でなくても悲鳴を上げると思うし、あれ以来コウモリは完全に駄目になってしまった。

「コウモリは嫌いだわ……」

「大丈夫です。この洞窟にコウモリはいませんから」

「……信用するからね」

「はい。レイラに嫌われたくありませんので、嘘は吐きません」

「そ、そう……」

さらりと照れる答えが返ってきた。

両想いだと分かってから、ちょくちょくセイリールはこういうことを言ってくれるのだ。今までなかったことなので恥ずかしいし照れくさいけれど、それ以上に嬉しい。

「ま、まあ、コウモリがいないのなら良いのよ」

虫も好きではないが、コウモリほどではないし。

セイリールと話しながら、洞窟の中へと入っていく。彼はバックパックからランタンを取り出した。

「少し深い洞窟なので明かりを点けますね。足下に気をつけて下さい」

「分かったわ」

慎重に土を踏みしめ、洞窟の中を進んでいく。

洞窟はひんやりとして、少し湿っぽかった。中はセイリールの言う通り暗く、かなり奥まで続いているようだ。

セイリールは入り口から二十メートルほどのところで歩みを止めた。バックパックからテキパキと敷物を取り出し、地面に敷く。

「ここ、座りましょう。隣、どうぞ」

「……お邪魔します」

ポンポンと隣の席を叩かれたので、そこに座る。セイリールはランタンを消すと、私の肩を抱き寄せてきた。

「っ！　セイリール？」

彼の行動の意味が分からなくてドキッとした。顔を向けるとセイリールは洞窟の天井を見上げている。

「ほら、上を見て下さい」

「……うわあ」

洞窟の天井が、まるで夜空の星のようにキラキラと光っていた。

「あれ、全部宝石の原石ですよ。鉱山自体は閉めてしまいましたけどね、まだ宝石は多少残っていて、暗い場所ではあんな風に光るんです」

「すごい……綺麗」

普段見ることのない光景に息を吞む。

「ここまでの光景は、僕もあまり見たことがありません。君は基本僕を迎えに来るだけで、あまり洞窟や石に興味を示してはくれないでしょう？　それは別に構わないんですけど、この景色は是非、見てもらいたかったんですよ」

僕のとっておきの場所です、とセイリールがウィンクをして笑う。

「ここを見つけたのは結構前だったんですけど、その時に思ったんですよね。君にこの景色を見せたいって。だから、あえてここで休憩するのは止めて、別の場所に移動することにしたんです」

「？　どういうこと？　ここで待っていれば私が迎えに来たのに、わざわざ移動したってこと？」

「ええ。僕、君と一緒に来たかったので。迎えに来てもらうのとはまた違うなと思ったんですよ」

「……違うの？」

「？　単なる迎えとデートでは全然違うでしょう？」

「？？」

それはそうだが、セイリールが言っているのは結婚前の話ではないのか。

首を傾げていると、セイリールも気がついたのか「ああ」と手をポンと叩く。

「なるほど。つまりその頃から僕、君のことが好きだったんですね」

「……ちょっと」

「今、気づきました。どうやら意外と前から君が特別だったらしいです」

照れたように笑われ、こちらは逆に目が据わった。

「……あのね、あなたフレイ様のことが好きだったでしょ。何言ってるのよ」

「え？　確かにあの方のことは好きでしたが……あれは恋というより一種の憧れでしたから。君とは全然違いますよ」

「あ、そう……」

さらりと言い返され、ため息を吐く。

なんだかドッと疲れた気分だった。

「セイリールって昔からそういうところがあるわよね」

「そうですか？」

「わりとボケボケというか……皆は気づいてないみたいだけど」

皆はセイリールの一見自由に見える振る舞いばかりに目がいっているから、彼が本当はどんな人なのか分からないのだ。

「誤解されるって……嫌じゃない？」

改めて気になり尋ねると、セイリールは肩を竦めた。

「ちっとも。別にどうでもいい人たちになんと思われようと気になりませんし、むしろ遠巻きにして貰えるので助かります。陛下は知って下さっていますしね。十分ですよ」

「……じゃあ、その……せめてクリフトン侯爵には教えるとか」

今まで彼の口から聞いた友人らしき名前は国王以外には彼だけだ。

セイリールもクリフトン侯爵を好いているようだし、彼になら事情を教えてもと思ったが、セイリールは難しい顔をした。

「ハイネですか？　うーん、別に言っても良いと言えば良いんですけど……いや、止めときます。僕が山から帰ってきた時に目を吊り上げて怒ってくる彼の顔、面白いんですよね。あの顔が微妙な同情に変わるのは楽しくない」

「楽しい、楽しくないの問題なの？」

「ええ、もちろん。それ以外にありますか？」

キョトンとした顔でセイリールがこちらを見てくる。

どうやら本当に分かっていないみたいだ。

「私、あなたが誤解されるの嫌なんだけど。せめてあなたが好意を持っている人くらいには分かって欲しいと思うわ」

説明すると、彼は驚いたように目を瞬かせ、次に柔らかな笑みを浮かべた。

そうして顔を傾け、キスしてくる。優しい触れ合いは思いの外長く、唇が離れた時にはほうっと息を吐いてしまった。

至近距離でセイリールが告げる。

「君がそう言ってくれることは嬉しいですよ。でも僕にはもう君が、レイラがいますから。君が僕を知ってくれているなら、僕はそれだけで十分なんです。他の誰かに分かって欲しいなんて思わない」

「セイリール」

「君がいるから、他は要らない。――そう、思っては駄目ですか？」

「う、ううん」

慌てて首を横に振った。

これはセイリール自身の問題だ。いくら妻とはいえ、私が強制できるものでもないし、してはいけない。

彼が今の状況で満足しているというのなら、それで構わないのだ。

それに――。

セイリールを見る。少し迷ったけれど、正直に告げた。

「私も、あなたを独占できているようで嬉しいもの。だから、あなたが良いのなら、今のままで良いと思うわ」

「もちろん、僕を独占できるのは君だけですよ。僕の愛しいレイラ。愛しています」

「……私も」

告げられた言葉に、同じものを返す。

もう一度唇が降ってくる。それを受け止めた私は、彼の黒く輝く瞳を見て笑った。

多分、彼の瞳には、独占欲に塗れた酷い顔をした女が映っていると思うけど——ふたりともそれでいいと納得しているのだから、別に気にならなかった。

◇◇◇

「宝石、綺麗だったわね」

存分に洞窟を堪能してから、外に出てきた。

静まり返った洞窟で過ごす時間は、セイリールではないけれど、心が癒やされたような気がする。

「少しだけ、あなたが洞窟に行きたくなる気持ちが分かった気がするわ」

「そう言って貰えると嬉しいです。——石の声はうるさくない。耳に流れ込んできても不快には感じないんです」

「だから逃亡先は鉱山が多いのね」

「ええ。山というより石の声を聞くのが目的ですから」

セイリールと手を繋ぎ、話しながら山を下りる。

最初は鉱山でのデートなんてと思っていたが、終わってみると意外と楽しかった。

セイリールと寄り添って、じっとキラキラ輝く宝石の原石を眺める時間は得難く、町中では絶対に味わえない素敵な経験だったと思う。

「今度からセイリールを迎えに行く時は、私も少し洞窟の雰囲気を味わうことにしようかしら」

今までは迎えに行くだけで、洞窟を楽しむなんて考えてもいなかった。

時折隣に座って、彼を待ったりはしたけれど、それもセイリールを眺めていただけで洞窟自体に興味なんてなかったのだ。

でも、あんなに綺麗なものが見られるのなら、今度から周囲にも気にかけてみよう。

もう少し余裕を持って辺りを見回してみてもいいかも。そんな風に思えた。

セイリールも穏やかな表情で頷いている。

「是非。今みたいに輝きが楽しめる洞窟は少ないですが、耳を澄ませば石の声が聞こえます。全てを浄化してくれるような綺麗な声ですよ。君にも聞こえると良いんですけど」

セイリールがよく言う石の声。

残念ながら私は一度も聞こえたことがない。彼がこれだけ熱心に言うのだから『ある』のだろうとは思うが、実感できた試しはないのだ。

「私にも聞こえれば良いのに。ね、やっぱりそういうのが聞こえるのって、セイリールの耳が特別に良いせいかしら」

「おそらく。僕の耳は聞こえすぎて、聞きたくないものまで拾ってしまいますから。でも、石の声を聞けるのだけは良かったと思っていますよ。本当に落ち着く。どんなに苛立っていても彼らの声を聞けば、気持ちが静まっていくんです」

「セイリール専用の鎮静剤みたいね」

「ええ、だからこそ、僕は山へと向かうんです」

その声に実感が篭もっている。私は頷きながらも彼に言った。

「でも、結婚してからは一度も出掛けていないわよね？」

結婚前は、かなりの頻度で山に向かっていたセイリールだったが、私と結婚してからはふらりといなくなることもなく、毎日休むことなく登城している。

そのことを思い出しながら言うと、セイリールは気まずそうにそっぽを向いた。

「セイリール？」

赤い。


「いえその……我ながら格好悪いなと思いまして」

「どういう意味？」

首を傾げる。逃げられないと悟ったのか、彼はこちらを見た。どうしてだろう。耳まで赤い。

「セイリール？　赤いわよ」

「分かっていますから指摘しないで下さい。その、ですね。前にも言ったでしょう？　君が側にいると不思議と落ち着ける。いつもは煩わしい音も君がいれば気にならないって。覚えていませんか？」

「それは……ええ、覚えているわ」

想いを告白し合った時の話は、今でも昨日のことのように思い出せる。

頷くと、セイリールは恥ずかしげに口を開いた。

「そういうことですよ。君と結婚して、君がずっと側にいてくれるようになってから、本当にいつもはすぐに煩わしくなってしまう音が、殆ど気にならなくなったんです。屋敷を郊外に構えたことも良かったのだとは思いますが、一番の理由は間違いなく君です。特に君を抱きしめて寝ると、気持ちが安らぐし落ち着く。僕も驚きでしたよ。自分にとって特別な人と一緒にいるということが、こんなにも自分に肯定的な変化を与えるなんて知りませんでした。でも、実際、僕は毎日登城できているし、精神も信じられないくらい高水準で安定している。こんなに違うなら、もっと早く君と結婚すれば良かったと本気で思いました」

「……」

「まあ、自分の気持ちにすらなかなか気づけなかった僕には無理でしょうけど、でも、そういうことです。……君に依存しているのがバレバレで恥ずかしいですが」

格好悪いですね、と最後に言い、セイリールが気まずげに笑う。

私はと言えば、まさか彼が山へと向かわなくなった理由が自分にあるなんて思いもしていなかったのでとても驚いていた。

気がつけば、ふらりといなくなっていたセイリール。そんな彼が結婚してから腰を落ち着けていた。

不思議だとずっと思っていたけれど、その原因が私だったなんて。

——嬉しい、な。

セイリールが私と共にいることで落ち着きや安らぎを感じてくれていたことが喜ばしかった。

彼は私を自らの居場所だと思ってくれているのだ。

両想いになった時の喜びと張るくらいには嬉しいかもしれない。

「私が役に立てているのなら何よりよ」

「役に立つどころか、もう君がいないと僕は色々と始まりませんよ。ねえ、レイラ。僕がどれだけ君のことを愛してるか分かってくれましたか?」

じっと見つめられ、笑った。

「ええ」

「……それならもう、フレイ様のことは言わないで下さい。僕が愛しているのは君だけなんですから」

「……ごめんなさい」

恨めしげに言われ、素直に謝った。

セイリールの言うことは正しいと思ったからだ。

セイリールがフレイのことを好きだったのは昔の話で、今は私を想ってくれている。それを分かっているのに、チクチクと時折イヤミのように話題に出すのはあまりにも格好悪いし、卑怯だ。

フレイにもセイリールにも申し訳ない。

「嫉妬深くてごめんなさい。それに……もし、私があなたなら良い気持ちがしないと思うから、二度とフレイを引き合いに出したりはしないわ」

もし私にセイリール以外の好きな人がいたとして、もう終わってしまった話なのに、今の恋人にネチネチとことあるごとに責められたら、とても嫌な気持ちになると思うのだ。

今はちゃんと恋人のことが好きなのに、終わった話を蒸し返されてもどうにもできないし、困るだけ。

セイリールもそこは同じだろうなと思うので、自らの行いを深く反省した。

「ごめんなさい。私、すごく嫌な女よね」

「そんな風には思いませんよ。嫉妬してくれているだけだって分かってますから、嫌だとは感じませんし……でも、僕の気持ちも信じて欲しいなとは思います」

「大丈夫。ちゃんと信じてるわ」

そこは間違えない。

しっかりとセイリールの目を見て告げると、彼は「それなら良いです。何も問題ありません」と笑ってくれた。

◇◇◇

屋敷に戻ったのは、まだ午後の早い時間だった。

出迎えたメイドに帽子を渡す。セイリールも執事にバックパックや上着を預けていた。

「少しお腹が空いたわ」

そういえば、飲み物は飲んだが、食べ物らしい食べ物は口にしていなかった。

自覚すると急激に空腹を感じる。セイリールが言った。

「それならちょうどいい時間ですし、一緒にアフタヌーンティーでもどうですか？」

「あら、良いわね」

初デートの帰りで気分が盛り上がっていた私は、即座に賛成した。

セイリールの上着を預かった執事が笑顔で言う。

「承知致しました。アフタヌーンティーをご用意致しますね。確か厨房で菓子を焼いていましたから、問題ないはずです。場所はどちらになさいますか」

「レイラ、希望はありますか？」

「……そう、ね」

セイリールに意見を求められ、考えた。

ある意味、これもデートの続きみたいなものだ。それなら普段とは少し違う場所でというのもいいかもしれない。

「二階にある図書室。あそこのバルコニーでアフタヌーンティーにしない？」

この屋敷の図書室は、以前住んでいた人の趣味だったのか、かなりの蔵書量を誇っているのだ。薄暗く雰囲気もあり好きなのだけれど、特に気に入っているのが、奥にある大きな窓を開けた先にあるバルコニー。

広いバルコニーには読書用のテーブルと椅子があり、庭の景色が楽しめるようになっている。今は薔薇が見頃で、最近はよくあそこで読書を楽しんでいた。私の密かなお気に入りスポットだ。

「あそこから見える薔薇が素敵なのよ。さっきセイリールは、私に見せたい景色を見せてくれたでしょう？　私もあなたにあの光景を見てもらいたいなって思うわ。ね、付き合ってくれるわよね？」

「ええ、もちろん。君のおすすめスポットだというのでしたら、是非僕も知りたいですから」

「決まりね！」

執事に目を向けると、彼は深々と頭を下げ「承知致しました」と言って、厨房に向かった。集まっていた他のメイドたちも数人、彼に続く。

ふたりでアフタヌーンティー。

デートの続きを楽しめているようで良いなと思っていると、残っていた家令がセイリールに話し掛けてきた。

「旦那様、申し訳ありません」

「何です？」

「実は、旦那様方がお留守の間に、陛下の使いだという方がお見えになりまして。手紙を置いていかれました。できれば早めに確認していただきたいとのことです」

「手紙？　……分かりました。先に確認しますので、僕の部屋に持ってきて下さい」

「承知致しました」

楽しい話の直後に仕事の話が出たことで、セイリールの機嫌が悪くなりかけたが、彼はため息をひとつ吐いて堪えた。

申し訳なさそうに言う。

「すみません、レイラ。確認しなければならないことができたようです。先に図書室に行って貰えますか」

「分かったわ」

仕事ならば仕方ない。頷くと、セイリールは私に近寄り、額にキスした。

「すぐに向かいます」

「っ！　待ってるわ」

「はい」

セイリールが自室へ向かうため、階段を上っていく。それを見送ってから私は近くにいた私のメイド――クルルに言った。

「セイリールが来るまでしばらくかかりそうだし、先に着替えることにするわ」

山登りをした格好でアフタヌーンティーというのも無粋だし、セイリールも仕事があるというのなら、着替えの時間くらいは取れるだろう。

——せっかくだもの。デートの続きってことで、可愛いドレスに着替えても良いわよね。

本当はデートで着たかったドレスを思い浮かべる。

セイリールの用事がどれくらいで終わるものかは知らないけれど、彼をびっくりさせられたら良いなと思った。

◇◇◇

「セイリールは……まだ、来ていないようね」

軽く身体を清めてからドレスに着替えて、図書室へとやってきた。

少し薄暗い図書室は、古書特有の匂いがしてとても落ち着く。

背の高い書棚がいくつも並び、全てにぎっしりと本が詰まっていた。

この屋敷を買い取ってから私たちが買い求めたものもあるが、半分以上は前の持ち主が集めたものである。

中には稀少本もあり、かなりの読書家だっただろうことが分かる。

一応、バルコニーに続く窓を開け、彼がいないことを確かめる。

アフタヌーンティーの準備は終わっているようだ。ガラスのテーブルにはナプキンやカトラリーがきちんとセットされている。

「せっかくだから、洞窟で見た宝石のことでも調べてみようかしら」

セイリールが来るまでまだかかりそうだし、暇つぶしにはちょうど良い。

そう思った私は、辞書などが置かれている書棚へと向かった。

背表紙を確認し、『鉱物百科事典』と書かれたものを手に取る。

大きく分厚い本はかなり古かったが、管理が行き届いているので埃が被っているなんてこともなかった。

「ええと……」

ペラペラとめくる。私が手にした百科事典はかなり詳細まで書かれたものだったが、暗闇の中光っていたものが何かまでは分からない。

結局、何一つ分からないまま百科事典を閉じると、後ろから声がした。

「なんだ。もう終わりですか」

「セイリール」

振り返ると、セイリールが立っていた。用事を済ませたその足でこちらに来てくれたのだろう。別れた時と同じ格好だ。

彼は私を見ると、目を細めた。

「レイラ、そのドレス、可愛いですね。わざわざ着替えたんですか？」

「え、ええ。その……あなたに見てもらいたくて」

可愛いと言って貰えたことが嬉しい。

パステルカラーのドレスは、フリルがたくさんついた可愛らしいデザインで、ひと目で気に入ったのだ。

「私、こういうデザインが好きで」

「良いと思いますよ。君によく似合います」

「あ、ありがと……」

素直に褒められると、それはそれで恥ずかしい。

照れくささから、本に話題を移す。

「これ、さっきあなたと見た宝石のことが載っているかしらと思ったのだけど、私、宝石の原石なんてよく知らないから、結局何も分からなかったの」

「そうでしょうね。それにあそこに埋まっているのは採掘したとしてもお金になるようなものではありませんから」

「そうなの？」

「ええ。ほぼ価値がないとされています。あそこは金山として有名でしたからね。他ののはオマケ程度。その金が採れなくなってしまえば閉じるしかありません」

「キラキラ光って綺麗だったのに……」

価値がないと言われるのはなんだか納得できない。そう思いながら返すとセイリールも頷いた。

「ええ、僕もそう思います。採れる金や、お金になる宝石だけが価値のあるものとは思えません。世の中には、価値がないとされていても美しいものはいくらでもある」

「全面的に賛成するわ」

あの美しい光景を見たあとでは、頷くしかない。

金銭には換えられない素晴らしい経験をしたと思ったのだから。

大いに納得しながら百科事典を戻す。セイリールが私の後ろから顔を出し、戻した百科事典のすぐ右側にある本を指さした。

「そっちの本の方がお勧めですよ。載っている種類は少ないですけど、読み物としても楽しめます」

「そうなの？」

「はい。子供の頃読みました。君に昔あげた石のことも載ってます」

「へえ！」

俄然、興味が出てきた。

初めてセイリールに会った時、彼を連れ帰ったお礼にと、宝物だという石を貰ったのだ。

その石は今もお守りとして小さな袋に入れて持ち歩いている。

そのことを告げると、セイリールは嬉しそうな顔をした。

「まだ持ってくれているんですね。嬉しいです。――そうですね。せっかくですから、その石がどんな石なのか本で調べてみて下さい。今まで石について調べたことはなかったのでしょう?」

「え、ええ。綺麗だったけど、ただの石だと思っていたから。……違うの?」

「さて、どうでしょう」

にこりと笑ってセイリールは話を終わらせた。そんな風に言われると、本当はどうなのか無性に知りたくなってしまう。

「分かった。調べるわ」

「どの石か分かったら、僕に教えて下さい。答え合わせをしましょう」

「ええ、絶対に当てて見せるんだから」

食い気味に頷いた。

セイリールがそこまで言うのだから絶対に何か秘密があるに違いない。

急に、今までただ好きな人から昔貰っただけだった石が、もっと別の、特別なキラキラしたもののように思えてきた。

ポケットからお守りを取り出す。どんな時でも身につけているので、服を着替えても石の入った袋は移し替えているのだ。

「ふふ……どんな秘密があるのかしら」

「……おや、今も持っていたんですか」

驚いた、とセイリールが言う。私は呆れたように彼を見た。

「さっき、昔からずっと持ち歩いているって言ったじゃない」

「いえ、それはそうなのですが、まさか常に身につけてくれているほどだなんて思わなくて……」

「セイリールは特別な気持ちでくれたわけじゃないんでしょうけど、私にとっては好きな人がくれた大切なものだったの。だからいつも身につけていたし、今だって、どんな時も手放さないわ。それこそ私にとっての宝物だもの」

「君という人は……！」

「え、何……！」

後ろにいた彼が私を肩に手を掛け、こちらを振り向かせる。何事かと驚いた時には、すでにセイリールの顔が至近距離まで迫ってきていた。

「んんっ……！」

食べられてしまうと錯覚するような激しい口づけ。セイリールは初手から舌を絡める濃厚なキスを仕掛けてきた。

熱くも強引な触れ合いに、目を見開く。

キスは長く、息継ぎをする間も許さないほどだった。

ようやく唇が離れた時には私は息も絶え絶えで、セイリールの服を力なく摑むことしかできなかった。

「セ、セイリール……何、いきなり」

呼吸を整えながらも彼を見る。セイリールは熱を灯した瞳で私を見ていた。

「だって、君があんまりにも可愛いことを言ってくれるものですから」

「え？」

「僕があげたものを、幼い時からずっと肌身離さず持っていてくれたなんて。しかもその理由が『好きな人から貰ったものだから』だと聞かされて、大人しくしていられると本気で思いましたか？　無理ですよ。……今すぐ君を抱かずにはいられないくらいには心にキました」

「抱くって……ちょっと、セイリール？」

ギョッとして彼を見る。慌てて彼の腕の中から逃れようとしたが、無理だった。

しっかりと捕まえられていて動けない。

「え、え、え？」

「——駄目、ですか？　僕、君が欲しいんですけど」

「〜〜！」

甘い声に背中が期待でゾクリと震えた。それでもなんとか首を横に振る。

「だ、駄目よ。こんなところで。それにもう直ぐメイドたちが来ると思うわ」

セイリールが戻ってきたことに気づいたのなら、お茶の準備を整えてくるだろう。

そう思ったのだが、セイリールはにこりと笑った。

「それなら大丈夫です。君が百科事典を見ていることに気づいた際に、通りかかったメイドに言付けましたから。少し図書室で本の話をしてからお茶にするから、一時間ほどおいて来て欲しい——と」

「え……」

「なので平気です。しばらくここには誰も来ません。だから——いい、ですよね?」

「……」

すでに人払いは完了していると言われ、絶句した。

もちろんセイリールは、やましい気持ちで一時間と言ったわけではなく、本気で私と本について語ろうと思ったのだろうけど、結果としてその一時間は今、エッチするための時間に変更されようとしている。

驚く私をセイリールは抱きすくめると、身体に手を這わせ始めた。

性的な触れ方に、身体が勝手に反応する。

「あ、ちょっと……セイリール。だ、駄目だってば。だってここ、図書室で寝室じゃ——」

「今すぐ君が欲しいって言ってますよね? 寝室まで戻れなんて野暮なこと言わないで下

さい」

ね、と熱く潤む目で見つめられ、撃沈した。

だって求められて嬉しい。

自分の好きな人に、今すぐ欲しいのだと訴えられて、応えたいと思って何が悪いというのか。

確かに場所がこんなところだというのは気になるけれど、それよりもセイリールの気持ちに応えたかった。

私はポケットに石の入った袋を戻すと、彼の首に己の両手を回し、その耳元で囁いた。

「――負けたわ。でも、あまり激しくしないでね。その……誰にも気づかれたくないの」

さすがに使用人たちに、主人たちが図書室で事に及んでいるなどと知られたくない。

そこだけは頼むと真剣な顔をして告げると、セイリールも同じくらい真面目な顔をして「分かりました。頑張ります」と返してくれた。

◇◇◇

「んっ、んんっ……」

普段とは違う場所での触れ合いに、気持ちが自然と昂る。

図書室の壁に押しつけられた私は、セイリールから執拗にキスを受けながらも、己の身体ができあがっていくのを感じていた。

服の上からセイリールが手を這わせる。それだけなのに、期待した身体は止めどなく蜜を垂れ流し、この先のための準備を整えるのだ。

すでに下着はグショグショに濡れているし、なんだったら内股まで蜜が垂れてきている。

駄目、なんて言いながら、結局私は彼に抱かれることを心待ちにしているのだ。

分かりやすすぎる身体の反応に、情けないと思うも、己の心は偽れなかった。

「あっ……」

セイリールがスカート部をたくし上げる。

粗雑な動きに、おろしたてのドレスが皺になってしまう、と頭の片隅で考えた。

——こんなことなら着替えなければ良かったかしら。

でも、セイリールにこのドレスを着た私を早く見て欲しかったのだ。

実際彼は私を見て「可愛い」と言ってくれた。それだけで役目は果たしたのだから、皺になってもまあ……いいのかもしれない。

「僕を放って考え事ですか？」

「ちが……やんっ……」

セイリールの手が内股に触れた。性的な場所を優しく撫でられ、媚びるような声が出る。

「セイリール……」

「おや、内股が濡れていますよ」

「っ……！」

溢れ出した蜜が、太股を伝っていることを知られ、羞恥で顔が赤くなった。

セイリールが耳元で囁く。

「嬉しいです。君も期待してくれていたんですね」

「……ち、ちが……あんっ」

下着の上から蜜口を押され、声が出た。セイリールの指がグリグリとその場所を刺激する。またジワジワと蜜が身体の内側から排出された気配がした。

「ふふ、下着もグショグショですね。中、直接触ってみましょうか」

「んっ……」

下着の隙間からセイリールが指を差し込んできた。蜜口をなぞり、躊躇せず中へ指を埋める。

「あああっ！」

望んだ感覚が訪れ、無意識に大きな声が出てしまった。セイリールがもう一方の手で「しーっ」と沈黙を促す。

「あんまり大きな声を出すと、皆に気づかれますよ。僕はそれでも構いませんが、君は嫌なのでしょう?」

「っ」

慌てて口を閉じ、コクコクと頷いた。

いくら相手が夫とはいえ、抱き合っているところを見られたり聞かれたりするのは御免被りたい。

必死に口を噤む。

セイリールは楽しげに笑うと、もう一本指を差し込んできた。

「っ……!」

「中、すっかり蕩けていますから。二本入れても余裕ですね」

「んっ、んんっ……」

グチュグチュと二本の指で膣孔を掻き回され、ゾクゾクとした愉悦が全身を走る。

思わずセイリールに抱きついた。プルプルと震える私を見て、セイリールが嬉しそうに言う。

「気持ち良い、ですか?」

「……気持ち、良い」

「それは良かった。ではもっとしますね」

「~~!!」

指が三本に増やされた。すっかり蕩けた蜜壺を三本の指が無遠慮に押し広げていく。指が膣壁を掠るたび、襞肉が分かりやすく反応する。

「っ、っ！」

いやらしい水音が図書室内に響く。彼の指の動きは巧みで、確実に私の感じる場所を刺激していた。セイリールによって覚えさせられた絶頂感がジワジワと這い上がってくる。

「や……あ……あ……」

「イきそうですか？　好きな時にイってくれて構いませんからね」

「っ!!」

トン、と中のイイ場所を二本の指で同時に叩かれ、呆気なく上り詰めた。

頭の中に星が散る。

セイリールが指を引き抜き、己のトラウザーズを寛げた。

硬く張り詰めた肉棒を引き摺り出し、私の片足を持ち上げる。

そうして下着を横にずらすと、直接蜜口に押しつけてきた。

「えっ、嘘……このまま？」

「大丈夫です。入りますよ」

「そういう問題じゃ……んんっ……あっ！」

蜜口に亀頭が潜り込んだ感触がしたとほぼ同時に、肉棒に突き上げられた。

熱く重い塊が中を満たしていく。

大きく声を上げそうになるのを必死に我慢し、セイリールに抱きついた。

セイリールは小さく笑うと、私の片足を抱えたまま、前後に腰を振り始める。

「あっ、あっ……んっ……」

いつもと当たる場所が違う。

立っている状態で抱かれるという初めての経験に、勝手に興奮が高まっていく。

快感が全身に広がり、堪えているのに勝手に声が漏れる。ゆさゆさと縦に揺さぶられると肉棒が最奥に突き刺さり、切ないほどの快楽をもたらしてくる。

「んっ、んんぅ……んんっ」

唇を噛みしめるも、我慢しきれなかった声が零れる。太く硬い肉棒が膣壁を擦り上げていくのが心地良く、癖になってしまいそうだ。

「くっ……レイラ……」

快感を耐えているのかセイリールが眉根をぐっと寄せている。その余裕のない顔にときめいた。彼も気持ち良くなってくれているのだと分かり、嬉しかったのだ。

「セイリール……好き……」

「レイラ……僕も愛しています……」

「んんっ……！」

When she entered the words, she found dear

ガツンと一際強く腰を突き上げられたあと、腹の中に温かいものが広がった。

「んっ……はあ、はあ……」

呼吸を整えながらも、心地良い温かさに目を閉じる。

セイリールが肉棒を引き抜く。埋まっていた熱がなくなり、寂しさに似たものを感じた。

セイリールが腰を屈め、唇を押し当てるだけの軽いキスをしてくる。それを目を瞑って受け止めた。

目を開け、彼に言う。

「……お腹、空いたわね」

セイリールも頷いた。

「確かに。では、少し遅くなりましたが、アフタヌーンティーといきましょうか。執事を呼び出しますね。——あ、でもその前に」

セイリールは己と私の姿を見て、苦笑しながら言った。

「お互い見苦しくない程度に身嗜みを整えてからにしましょうか。このまま呼んでしまっては、何があったのか一目でバレてしまいますから」

「……あ」

それは全くその通りだ。

私たちは慌てて服装を整えて茶席に着き、素知らぬ顔で使用人を呼び出した。

第五章　限界

「え、フレイが妊娠した？」

その知らせを聞いたのは、私たちが正しく夫婦として過ごすことにもすっかり慣れてきた頃だった。

セイリールの精神は引き続き安定しており、登城も問題なくできている。

今日も彼はしっかりと城で勤務し、夕方には馬車に乗って帰ってきた。

私は出迎えに玄関ロビーまで来ていたのだけれど、そこで帰宅の挨拶の次に聞いた話がそれだったのだ。

フレイが妊娠。

彼女とは友人として親しく付き合っているということもあり、懐妊の報告は自分のことのように嬉しかった。

「わあ！　おめでたい話ね！　早速、何かお祝いを贈らないと！」

手を打って喜ぶと、セイリールも頷いた。

「ええ。とても良い、喜ぶべきニュースです。僕は、陛下から話を聞いたのですけど――」

「陛下から？　クリフトン侯爵から直接ではないの？」

不思議に思って首を傾げた。

てっきり同僚であるクリフトン侯爵から直接聞いたと思っていたのだ。だがセイリールは否定した。

「……ハイネは長期休暇に入ったようで、いなかったのですよ」

「長期休暇？」

「……愛する妻が妊娠した。初めての妊娠で不安になっているだろう妻に寄り添うのが自分の使命。容態が安定するまで休暇を取ると言い出したらしいです」

「……」

「ハイネはあの事件があってから、皆に対しても取り繕わなくなりましたから……」

「ああ……」

『あの事件』というのは、フレイが結婚してしばらくしてから起こった出来事だ。

フレイは王女として皆からとても慕われていて、幸せな結婚をすることを望まれていた。

だが、蓋を開けてみれば結婚相手として選ばれたのは『氷の宰相』と有名なクリフトン侯爵。

　皆、不安に思いながらも様子を窺っていたのだけれど、妻のことを聞かれても不機嫌な顔をするだけで何も言わない、普段と変わらぬ冷徹ぶりを見せる彼の様子に、これはと確信したのだ。

　きっとフレイは不幸せな結婚をしたのだ、と。

　皆は国王に直談判をし、フレイが幸せでない結婚など許されないと訴えた。

　その騒動を収めるために、国王とセイリールがひとつ作戦を考え、実行したのだ。

　いかにクリフトン侯爵がフレイのことを愛しているのか、皆に分かって貰おうと。

　結果は大成功。

　氷の宰相はフレイにベタ惚れと全員が知るところとなったし、フレイもクリフトン侯爵を愛していることが分かった。

　仲良くやっているのなら文句を言う必要もない。

　めでたしめでたし、で話は終わったかのように思えたのだけれど。

　セイリールによれば、クリフトン侯爵はその事件以降、皆の前でも『フレイ馬鹿』を全面に押し出すようになったとか。

　フレイに何かあれば、即座に休みを申請し、彼女の望みならどんなことでも叶えようとする姿は、今までの真面目で恐ろしい氷の宰相のイメージを払拭する良い機会になった……のだけれど。

セイリールがため息を吐きながら言う。

「その分、僕に負荷が掛かるようになったのが問題なんですよね」

つまりはそういうことだった。

クリフトン侯爵は宰相という地位に就いている。そのフォローができるのは、同じくらいの権限と能力を持つ者だけ。

セイリールは確かに『相談役』という緩い地位にはいるが、有事の際にはクリフトン侯爵と並んで、国王の両脇に立てる人であるのも本当。

つまりは使わないだけで、それなり以上の権力と発言力を有しているのである。それこそ宰相であるクリフトン侯爵と同等とも言えるほどの。

そしてその宰相が休むとなれば、彼が持っていた仕事がどこに行くのかは明白なわけで、セイリールが嫌な顔をするのも当然のことと思えた。

「……セイリール、大丈夫？」

「あまり大丈夫ではありませんね。どれくらいハイネが休むことになるかも分かりませんし。とりあえず半年、と言っているようですけど」

「半年⁉」

ギョッとした。

宰相が半年も政務から離れて本当に大丈夫なのか。

セイリールを見る。彼はうんざりしたような顔をしていた。

「フレイ様がご懐妊なさったことは本当におめでたいことだと思っていますが、正直勘弁して欲しいというのが本音ですよ。……前にひと月ほど、ハイネの仕事を代わったことがあったのですけど、あの時は本当に辛かった……」

遠い目をするセイリールを気の毒に思いながらも見つめる。

その時のことは覚えている。クリフトン侯爵は妻と新婚旅行に出掛けるとかで、彼が不在の間の仕事は全てセイリールに回ってきたのだ。

そのひと月をセイリールは見事勤め上げたのだけれど、心身共に限界に達していた彼はその後、山に逃亡。

誰が迎えに行っても、頑として出てこなかったという話は聞いている。

まあ、最終的に私が迎えに行く羽目になったのだけれど。

見つけた時、セイリールはぐったりと疲れ果てていた。あの時の彼を思い出せば、半年もクリフトン侯爵の仕事を代わるなんて不可能ではないかと思ってしまう。

「……無理じゃない?」

「僕もそう思います。ですが、陛下はもう許可を出してしまいましたし、前とは違い、今の僕には君がいます。まあ、なんとかなるのではという希望的観測で頑張りたいかな、と」

「希望的観測って……無理なら無理と主張することも大事だと思うけど」

セイリールの背中に哀愁が漂っているのを感じ、告げた。

私だってセイリールが苦しむ姿は見たくない。しかも今回はひと月どころか半年もの期間があるのだ。

到底無理だと思ったが、セイリールは言った。

「いえ、まあ、仕方のないこと、ですし」

「……セイリール」

「そんな顔しないで下さいよ。その……ですね、正直に言いますと、ハイネの気持ちが分かるなと思ったんです。僕も、君が妊娠した際には同じように休みたいですし」

「え……」

戸惑い、セイリールを見る。彼は照れたように微笑んだ。

「ですから今回のことは先行投資だと思っています。いずれ、彼には返してもらうわけですから、まあ、いいかな、と」

「……」

言われた言葉がジワジワと心に広がっていく。同時に顔に熱を感じた。

「えっと……その……」

なんと続ければ良いのか分からない。だけど酷く擽ったく、嬉しい気がした。

セイリールが私との子を望んでくれている。しかも妊娠中は側にいてくれるつもりだと言うのだ。私の方にまだ懐妊の兆しは見えないけれど、来る時には彼はそうしてくれるらしい。

「……ありがとう。嬉しいわ」

ようやくそれだけ口にする。セイリールは「いいえ、これは僕の望みでもありますから」と笑ってくれて、私は彼と結婚できて本当に良かったなと思うのだった。

◇◇◇

クリフトン侯爵が長期休暇に入り、早くも三ヶ月ほどが経過した。

セイリールはその間、毎日朝早くから夜遅くまで城に入り浸り、仕事に明け暮れていた。

その仕事ぶりは恐ろしく速い上に正確で、ものすごい勢いで書類を裁き、片付けていく彼を見て、天才と呼ばれていることは知っていても、自由人のようにフラフラしているセイリールしか見ていなかった者たちは皆、酷く驚いたようだった。

まさに本領発揮と言わんばかりに、セイリールは次々と成果を上げていく。

最初はまぐれだと思っていた者たちも、次から次へと成果を修めるセイリールを目の当たりにすれば、その実力を認めるより他はなく、今では「彼が宰相でも良いのでは？」なんて声も聞かれるほどだとか。

その話を私は、フレイからの手紙で知った。

彼女は妊娠中で夫の目もある。だからあまり自由には動けないのだが、手紙を書くくらいならできるのだ。

クリフトン侯爵も文のやり取り程度なら許可してくれるようなので、一週間に一度程ではあるが、お互いの近況を記したものを交換しているのであった。

その手紙に、彼女の兄――つまりは国王から聞いたというセイリールの話を知り、私は自慢に思うと共に、心配にもなっていた。

セイリールが活躍するのは嬉しい。

私の夫がようやく皆から正当な評価を受け始めているのだ。

彼が非常に『できる』人であることを皆が認識する。それは望ましいことで、私も誇りに思う。

だけどそれと同じくらいに心配なのだ。

何せセイリールは聞こえすぎる人。

特にストレスが溜まってくるとその傾向は強くなり、日常生活を送ることにも支障が出てきてしまう。

そんな人が、休まず宰相の代理というハードな仕事をずっと続けているのだ。

そろそろ倒れてもおかしくないのではと、毎日朝早くから城に向かう彼を見て、胸が潰れる思いをしていた。

実際、彼の様子をつぶさに観察していれば、小さな変化にも気がつく。

最近、鬱陶しげに頭を振っている様子をよく見るようになったこと。

片耳を押さえ、眉を中央に寄せ、不快そうにしている姿などは、典型的なＳＯＳのサインだ。

このままではまた前のように突然姿を見せなくなってしまう。

それが分かっていたから私は彼に何度も休息を取るように言った。

倒れてしまっては意味がない。今、全部を投げ捨てるわけにはいかない。

だから少し休もう、と。

それに対しセイリールは「もう少しでハイネが帰ってきますから。そうしたらたっぷり休みを取りますよ」と言うばかりで私の心配を本気には取ってくれなかった。

神経をすり減らしながら毎日登城する夫を見送るだけの生活は辛い。

それでも私の手紙から、私の夫に負担が掛かりすぎていることを察知したフレイが、クリフトン侯爵に早く戻るようにと言ってくれたお陰で、少し早めに侯爵が復帰することが決まり、なんとか終わりが見えてきた。

あと少し。あと少しで、セイリールは今の生活から解放される。

その時までなんとか彼の心が持って欲しい。祈りながら日々を過ごし、だけどやっぱりそう上手くはいかず、その日は突然にやってきた。

◇◇◇

それは午後の早い時間。

退屈を持て余した私は図書室を訪れていた。

読んでいたのはセイリールから以前、勧められた本だ。

彼に、昔に貰った石のことが載っていると言われたのを思い出し、せっかくだからと探してみることにしたのだけれど――。

「これ――」

該当の石の説明だと思われる頁《ページ》はすぐに見つかった。

何せ、最初の稀少石コーナー。その一番目に記載があったのだから。

黒い、私が黒曜石か何かだと思っていた石。それは全然違う、少し変わった性質を持つものだった。

「……」

無言でその石の説明を読む。そんな私の耳に、階段を駆け上がってくる音が聞こえてきた。

「奥様！」

ばん、と大きな音を立てて図書室に入ってきたのは執事のひとりだ。

この屋敷を購入した時に雇った新参の執事だが、とても優秀で重宝している。

その彼が、大きな足音を立てたどころかノックすらせず扉を開けたことに驚いた。

思わず開いていた頁を閉じてしまった。

「ど、どうしたの？」

「旦那様が……！」

顔を青白くしている執事から話を聞くと、どうやらセイリールが今日、登城しなかったという連絡が城から来た、ということだった。

早朝、いつものように馬車に乗り、登城したはずのセイリール。当然それを執事たちも私も見送った。だが国王からは、いつまで経ってもセイリールが姿を見せないという連絡が来ている。

「だ、旦那様に何かあったのかもしれません……！　今朝方、お見送りをしたときは何事もなかったのに……」

「落ち着いて。大丈夫だから」

新参の執事だったため、彼はセイリールの出奔癖を知らなかったのだ。

先ほどの彼らしくない動きは、セイリールが何かの事件に巻き込まれたのかと心配しての焦りだったと理解した。

「セイリールは、昔からこうだから。心配なら、ルーリア伯爵家やノルン伯爵家から来ている使用人たちに話を聞いてちょうだい。あ、もちろん陛下も事情はご存じのことよ。怒っているわけではなく、ただ知らせて下さっただけだからそちらの心配も要らないわ」

「……昔、から？」

唖然とする執事に頷く。

あり得ないという顔をされたが、実際そうなのだから仕方ない。

私は持っていた本を書棚に戻し、執事に言った。

「大丈夫よ。私が、迎えに行くから。――平気。私はセイリールを見つけるプロなの」

◇◇◇

バックパックに詰められるだけ荷物を詰め込み、登山用の格好を整える。

よし行くぞと気合いを入れると、玄関ロビーで待っていた護衛が頭を下げた。

結婚前、セイリールを捜しに行く時にいつもついてきてくれていた彼だ。

彼は私を見て、ひとこと告げる。

「お供します」

「——ええ、そうね。お願い」

本音を言えばひとりで行きたかったが、許されないのは分かっている。

使用人たちが次から次へと集まってくる。皆が不安そうにこちらを見ていた。私は皆を見回し、口を開く。

「セイリールを迎えに行ってくるわ。留守を頼むわね」

「承知致しました。行ってらっしゃいませ、奥様」

真っ先に頭を下げたのは、結婚の際にうちの屋敷から連れてきた元執事、今は家令として雇っている男だった。

「旦那様は奥様のお迎えを待っていらっしゃると思います」

「ええ、そうなの。あの人、私が行かないとてこでも動かないから。だから行くわね」

「はい。後のことは私共にお任せ下さいませ」

「お願い」

更に深く頭を下げる家令に頷き、屋敷を出る。

まずは右か左か。どちらに向かうべきなのか考え、先ほど本で読んだ内容を思い出した。

「——ああ、そうだったわね」

いつも身につけているお守り袋を取り出す。袋ごと握りしめ、小さく問いかけた。

「あなたの欠片はどこ？」

握った袋から熱のようなものが伝わってくる気がする。それを感じ取りながら言った。

「行きましょう。セイリールはこっちだわ」

◇◇◇

ざくざくと山道を歩く。

私が向かったのは、少し前に彼とデートした山だった。

基本、セイリールは一度行った山に続けては行かない。それは何故か。彼曰く、新鮮な石の声を聞きたいから、ということらしい。

それは分かっていたのに、私がこの山を選び、登るのはおかしな話だ。

だが、セイリールはここにいるという確信があった。

「奥様。もう暗くなってきましたが」

山を登っていると、護衛が話し掛けてきた。

出発が午後だったからだろう。すでに夕方も過ぎ、辺りは暗くなり始めている。

夜の山は危険だ。だから出直した方が良い。そう言われているのは分かったが、私は首を横に振った。

「戻らないわ。それにセイリールはすぐそこにいるから。大丈夫よ」

「そう……ですか」

腑に落ちないという顔をしたが、私がいつもセイリールを見つけていたことを知っている護衛は、それ以上は言わなかった。

山道を外れ、前にセイリールとふたりで行った洞窟を目指す。

道が暗くなってきたのでバックパックのポケットに引っ掛けていたランタンに火を入れた。

足下が明るくなり、歩くのに支障がなくなったことを確認してから、更に進む。

目的の洞窟には、すぐに辿り着いた。

「――ここよ」

大きな洞がぽっかりと口を開けている。それを見つけ、ホッとした。振り返り、ここまでついてきてくれた護衛に言う。

「セイリールは中にいるわ。行ってくるから、ここで待っていて」

「……分かりました。何かあればお呼び下さい」

「ええ、大丈夫よ」

頷き、洞窟に足を踏み入れる。

セイリールに声を掛けることはしなかった。彼は私が来たことに気づいているという確信があったし、今、大声で呼びかけるのは違うような気がしたからだ。

中を慎重に進んでいくと、前にふたりで宝石の原石を眺めた場所。そこにセイリールが三角座りをして、顔を伏せていた。

「セイリール――」

小さく彼の名前を呼ぶ。彼の身体がピクリと震えた。

「セイリール。迎えに来たわよ。帰りましょう」

「……レイラ」

セイリールがゆっくりと顔を上げる。私は彼の側に近づき、しゃがみ込んだ。

「酷い顔をしているわ」

「……すみません」

「どうして謝るの。あなたは限界まで頑張ったんじゃない」

「でも、結局こうして逃げてしまった。どうしても耐えられなかったんです」

顔を膝に埋める。

セイリールは逃げ出した自分を恥じているようだった。

クリフトン侯爵が戻ってくるまで、頑張ろう。そう決めていたのに、踏ん張りきれなかったことが悔しいのだろう。

ああ、本当に、彼のどこが自由人だというのか。

彼をそう呼ぶ人たちに今の彼の姿を見せてあげたいと、切に思う。

洞窟の天井を見上げる。あの日と同じように宝石の原石がキラキラと輝いていた。

この石たちの声をセイリールは私が迎えに来るまでずっと聞いていたのだろうか。

少しでも気持ちを静めるために。

「帰りましょう。……それとも、もう少しここにいたい？」

セイリールが限界だったのは分かっていたので、しばらくそっとしていて欲しいと言うのなら、そうしてあげてもいいと思っていた。

その分の食糧やらなんやらはバックパックに詰めてきているので。

私も邪魔だというのなら、数日ひとりにするくらいはしてもいい。

まずは彼が気持ちを落ち着けるようにすることが先決だと分かっていた。

「セイリール――」

「帰ります」

意外にもセイリールは、屋敷に帰ることを選択した。

顔を上げ、私を見てくる。そんな彼に確認した。

「いいの？　ひとりになりたくなったからここに逃げて来たんじゃないの？」

「それはそうなんですけど、どうせ今日は駄目でしたから」

「駄目ってどういうこと？」

首を傾げると、セイリールは困ったように言った。

「いつもならひとりになれば落ち着けるのに、駄目だったんですよ。石の声を聞いても気持ちが晴れない。耳の奥がぐわんぐわんと鳴って、気持ち悪くて、どうしてだろうと嘆いていたところです」

「そうなの？　大丈夫？」

「ええ、大丈夫です。君が来てくれましたから」

「へ……」

穏やかな響きに何故か動揺する。セイリールは柔らかい表情で私を見ていた。

「君が迎えに来てくれたと分かった途端、あんなに鬱陶しかった耳鳴りが治まった。晴れなかった気持ちが落ち着いた。もう僕は、ひとりでは無理なんでしょうね。君がいないと、駄目なんですよ」

「……」

「ひとりになったところで意味がない。だって何も解決しないから。石の声ももう僕を慰めはしない。君がいないと全てが無意味になるんだって分かってしまった」

「セイリール……」

「だからもう、ひとりで山へ逃げはしません」

言いながらセイリールが立ち上がる。私も慌てて立ち上がった。

「セイリール」

「帰りましょう。僕たちの屋敷へ。君のいるあの屋敷が、僕が戻るべき場所なんです」

セイリールが手を差し伸べながら私に言う。その言葉に頷き、彼の手を取った。

「そうね。帰りましょう」

互いに手を繋ぎ、洞窟を出る。

心配そうに待っていた護衛が、私たちの姿を見てホッとしたような顔をした。

すでに辺りは暗くなっていたが、明かりがあれば問題なく帰れる。

洞窟で一泊するより、多少無理をしてでも帰った方がいいと判断し、山を下りることにした。

護衛が先導し、私たちがあとに続く。

山道を下りながら、私は「そういえば」と疑問に思っていたことを口にした。

「まさか同じ場所にいるとは思わなかったわ。いつも連続して同じ場所にいることはしないのに。予想外過ぎてびっくりしちゃった」

「そうですか？　でも、君は迷わずここに来たでしょう？」

キョトンとした顔で見られる。私は頷き、ポケットに入れていたお守り袋を取り出した。

「ええ、この石のお陰でね」

お守り袋の中からじんわりと光る黒い石を取り出す。

セイリールはそれを見て「ああ、正解を見つけたんですね」と納得したように笑った。

そんな彼に言う。

「見つけるも何も、最初の頁に大きく書いてあったじゃない」

「ふふ、分かりやすかったでしょう？」

「探せ、なんていうからもっと分かりにくい宝石か何かだと思ったのに」

言いながらも、昼間に見ていた本の内容を思い出す。

セイリールが昔私にくれた石は『お守り石』とも『導きの石』とも呼ばれる非常に特殊で稀少な石で、割ると、割れた方の欠片の場所を指し示すと言われている。

石を持っていると、なんとなく片割れの石がどこにあるのか分かるのだ。

それを読んだ時、私は長年の疑問が解消されたと思った。

ずっと不思議だった。

どうして私にはセイリールがいる場所が分かるのだろうと。

昔から何故か彼のいるところがなんとなく分かった。迷うことなんて一度もなく、だから、おじさまたちも私を頼るようになったのだけれど。

「この石が導いてくれていたのね」

「はい、正解です」

笑みを浮かべ、セイリールがゴソゴソとトラウザーズのポケットから黒い石を取り出す。

私より大きい欠片は、間違いなく私の持つものの片割れの石だった。

「導きの石。隣国で暮らしていた時に偶然見つけた僕の宝物です。割ると、もう片方の欠片の場所を指し示す。でも、割るつもりはなかったんですよ。結局、僕の不注意で割ってしまったんですけど」

「どうして私にくれようと思ったの？」

本には、とても稀少な石だとあった。値が付けられないほど高価な石だとも。

それを初めて会っただけの少女にぽんと渡したセイリールの意図が分からなかった。

私の疑問を受けたセイリールが「何故でしょうね」と苦笑する。

「実は、いまだに僕も分からないんです。どうしてあの日、君にその欠片を渡そうと思ったのか。そういう気になったとしか言いようがない。あとで何度も考えましたが分からないままで、でも返して欲しいとは一度も思いませんでした」

「何それ」

「ええ、本当に意味が分かりませんよね。自分でも説明できなくてモヤモヤします」

そう言いながらもセイリールの顔は笑っていて、どこかすっきりしているようにも見えた。

「でもきっと、君に迎えに来て欲しかったんですよ。だから君に石を渡した。そういうことだと今は思うようになりました」

「適当ね。当時の私は十歳よ？」

「でも、強《あな》ち間違いとも思えない」

セイリールが呟き、私を見る。

「僕は、いつだって君が迎えに来てくれるのを待っていたのだから」

「……その度、山登りをさせられる私の身にもなって欲しいものだわ」

なんとなく照れくさくなり、誤魔化すように言った。セイリールが目を伏せる。

「それは……すみません。でももう、こういうことはしないと思いますので」

「私がいないから？」

悪戯っぽく尋ねる。

それにセイリールは驚くほど真剣な顔をして頷いた。

「はい。その通りです。レイラ、迎えに来てくれてありがとうございます。僕は、君が来てくれるのを待っていた。どうしようもなく、僕は君だけを待っていたんですよ」

彼の言葉に、何故か涙が出そうになる。

それを堪え、前を向いた。

声を出すと泣いてしまいそうな気がしたので、返事の代わりに、彼の手を握る。

すぐに更に強い力で握り返された。

「……」

気持ちが伝わったような気がして、堪えていた涙がぽろりと零れたけれど、幸いにも闇が私の涙を隠してくれていた。

◇◇◇

屋敷に戻ってきたのは夜も大分遅くなってからだったが、使用人たちは全員起きて、私たちを待ってくれていた。

私の隣にセイリールの姿があるのを認め、ホッと胸を撫で下ろしている。

皆に心配を掛けたことを謝罪し、まずは汚れを流すべく湯浴みする。

そのあとは食事だ。もう夜も遅いので、料理人たちが気を利かせてスープやサンドイッチを用意してくれた。中には肉が挟んであり、ボリュームは十分ある。

食事を済ませた私たちは、手を繋いで寝室へと向かった。何も言わなくても、お互いどうしたいのかが分かる。

寝室に入るや否や、セイリールは私をかき抱き、激しく口づけてきた。

「レイラ……」

「ん、セイリール……」

想いが篭もった口づけは甘美で、一滴も飲んでないのに、まるで酒に酔ったかのような気持ちになる。

余裕のないセイリールの声が、私を欲しがっているのだと分かり嬉しかった。

「――早く、ベッドに行きましょう？」

「ええ、そうですね。でないと、今ここで君を暴いてしまいそうだ」

熱っぽい声にクラクラくる。

もう一度口づけをしてからベッドに行き、もつれるように倒れ込む。

キスをしながらセイリールが私の服を脱がしていった。私も彼に手を伸ばし、シャツのボタンを外す。

早くセイリールと繋がりたくて仕方なかった。

彼の大きな手が肌の上を這っていく。優しい触れ合いは焦れったく、だからこそもっと触れて欲しいと思わせる。

胸の膨らみを吸われながら、蜜口を指で刺激される。愛撫を待ち望んでいたその場所は蜜を垂らし、彼の指を歓迎した。

「はあ……ああ……んんっ」

自分の口から甘ったるい声が出る。乳首を食まれるのも蜜道を指で広げられるのもどちらも心地良い。

彼の滑らかな背中を抱きしめる。そこはまるで発熱しているかのように熱かった。

「あっ……」

指を引き抜いた彼が私の両足を大きく広げさせる。いつもは閉じている二枚の花弁が開いているのが分かり、恥ずかしかった。だけどそれ以上に自分が期待していることも理解していて、早く欲しいという気持ちでいっぱいになっている。

「セイリール……早く……ああんっ」

今までに感じたことのない快感が突然私を襲った。

足の間に頭を埋めたセイリールが、開いた蜜口に舌を差し込んだのだ。ビクンと身体が大きく撓《しな》る。彼は舌で浅い場所を掻き回し、私の反応を楽しんでいるかのようだ。

「セイリール……やあ……」

「気持ち良いでしょう？　一度、してあげたいなと思っていたんですよ」

「そ、そんなのしなくていい、から……ひんっ……」

今度は陰核を舐められた。強すぎる快感に悲鳴を上げる。

舌の先でツンと軽く突かれているだけというのは分かっているのに、触れられただけでも逃げたくなるような気持ち良さが私を襲っていた。

「やんっ、あんっ、セイリール……駄目……」

くねくねと身体を捩り、彼の舌から逃れようとするも、セイリールはがっちり私の足を摑んでおり、逃げられない。

「ひぃっ！」

陰核を左右に弾かれ、全身が戦慄いた。ドッと蜜が溢れ出す。

「あっ、あっ、あっ……」

彼の舌が生き物のように這い回り、私の弱い場所を攻め続ける。

強すぎる刺激が連続して私を襲う。あっという間に絶頂感が迫り上がってきた。

「や、あ、あああ、ああ……イ、イく……イっちゃう……」

身体が小刻みに震えている。与えられる悦楽で、勝手に涙が滲み出た。

息が荒くなる。セイリールが膨らんだ陰核に軽く歯を立てた。

呆気なく限界は訪れ、達してしまう。

「あああああっ……！」

激しい波に押し流されるような感覚に翻弄される。襞肉が何かを求めるように執拗に収縮を繰り返していた。

身体に力が入らない。甘すぎる責め苦にぐったりとしていると、セイリールは私の足を抱え、蜜口に肉棒を押し当てた。

「レイラ、愛しています」

そうして一気に貫いてくる。

「んんっ……！」

大きく膨れ上がった肉棒を、蜜道はいとも容易く受け入れた。

先ほどイったことと、指で解されたことで、中は完全に蕩けきっており、彼のモノを受け入れても全く痛みを感じない。それどころか、望んでいたものを与えられた襞肉が、待っていたとばかりに纏わり付いた。

セイリールが腰を大きくグラインドさせ、抽送を始める。

遠慮のない力強い打ち付けは、私に痺れのような快感をもたらした。

「ひあっ、あっっ、ああああっ、ああんっ、気持ち良いっ……」

奥を穿たれ、鈍く長い快感が広がる。それと同時に肉傘に膣壁を擦られた。奥を攻められるのとはまた違う種類の気持ち良さが堪らない。

もっと欲しくて、強請るように彼の肉棒を締め付けてしまう。

「中、すごい力で締めてきますね。……気持ち良い、ですか？」

「気持ち良い、気持ち良いの……！」

セイリールの言葉にコクコクと頷く。強すぎる快感のせいで涙が溢れて止まらない。

竿が引かれるたび、淫唇を擦っていくのが、ゾクゾクするほど気持ち良かった。

「ああっ……駄目っ……」

気持ち良すぎて、また、達しそうになる。

セイリールが奥に肉棒を押しつけながら、グリグリと押し回す。その動きも甘美で、腹の奥が新たな蜜を生み出していた。

「はあ……ああんっ、ああっ……」

「レイラ……こんなに乱れて……好きです、愛していますよ」

「私も、私もセイリールのこと、愛してる……」

愛の言葉を聞き、またキュウッと彼のモノを締め付けてしまう。蕩けた蜜壺はセイリールの肉棒を完全に呑み込んでいた。

「あっ……ああっ、また……」

先ほどイったばかりだというのに、また絶頂の気配がやってきた。

ガクガクと分かりやすく身体が震え始める。

セイリールが私の動きに気づき、小さく笑った。

「イきそうですか？」

「うん……うん……もう、私……」

「もう少しだけ我慢して下さい。僕もイきますから。せっかくだから一緒にイきましょう？」

「やっ……ちょ、セイリール！」

セイリールの腰を穿つ速度が上がる。ただでさえイきそうなのに、我慢しろと言われた私は、必死に快感に抗った。

だけどそれに反発するように絶頂感がやってくる。

「はあっ、ああっ、はあ……！　やあ……もう、無理……！」

押しとどめるのも限界だ。そう思った次の瞬間、肉棒が腹の裏側を強く刺激した。

「アアアアアッ！」

強烈な愉悦に襲われ、我慢していたものが弾ける。それとほぼ同時に熱いものが腹の奥に浴びせかけられた。

「んっ……」

絶頂の余韻で、まだ身体がビクビクと痙攣している。精を吐き出したセイリールが、ゆっくりと肉棒を引き抜いた。

「あ……ん……」

肉棒が抜ける瞬間、寒気にも似た感覚に背筋が震えた。

埋まっていたものがなくなった寂しさを感じるも、脱力感の方が大きい。

事後特有の怠さに身を任せ、ぐったりしていると、セイリールがテキパキと動き、私の身体を清めてくれた。

「……ありがと」

「いえ、無理をさせたのは僕ですから。大丈夫ですか？」

「ええ、平気よ」

少し声は掠れていたが、この程度なら許容範囲内だ。

後始末を終えたセイリールが私の隣に滑り込む。彼はナイトローブに着替えていたが、私は動けなかったので裸のままだった。

「レイラ、こっちに来て下さい」

「ん……」

誘われ、セイリールの方へ身体を動かす。腕枕の体勢になり、笑みが零れた。

「ふふ……」

「どうしましたか？」

「なんでもない。ただ、幸せだなって思って」

まだ事後の蕩けた感覚は続いている。セイリールが額にキスを何度も落としてくれるのが気持ち良い。

セイリールの温もりにうっとりとしながら、私は聞いた。

「ね、セイリール。大丈夫なの？」

「？　何がですか？」

「音。我慢できなくなって山へ逃げたんでしょ。今も気持ち悪いんじゃないかと思って」

「ああ」

納得したような顔をし、セイリールは口を開いた。

「君が迎えに来てくれて治まったと言ったでしょう。大丈夫ですよ。体調は良好です。なんだったら、もう一戦交えますか？」

「い、要らない……」

ブンブンと首を横に振った。

今日は山登りをして疲れたのだ。体力を消耗しきっている中で二回目とか、勘弁してもらいたい。

セイリールが優しい笑みを浮かべながら言う。

「本当にね。嘘みたいにあの苦しみが消えています。——でも、今回のことで改めて実感しましたよ。ハイネって化け物だなって」

「ん？　クリフトン侯爵？」

どうしてそこでクリフトン侯爵の名前が出るのか。

不思議に思いながらも尋ねると、彼は呆れたようにこう言った。

「僕、今回ハイネの代役として半年ほど宰相業も頑張ったじゃないですか。あれ、異常なくらいに忙しいです。正気ではできない仕事量ですよ。あの仕事を何年も続けるとか、絶対に僕には無理だなって思いまして」

「でも、頑張ってたじゃない。フレイから、あなたが宰相でも良いんじゃないかって声もあったくらいだって聞いているし」

彼の有能さを褒めたつもりだったが、セイリールは真顔で否定した。

「正直二度とごめんです」

「ええ、あんな仕事、絶対にしたくありません。今回は、普段ハイネに迷惑も掛けているし、僕たちが同じことになった時、お願いすることになるんだからと引き受けましたけど、正直二度とごめんです」

きっぱりと告げるセイリールは本当に嫌そうだった。

「よく、ハイネは僕に勝てない、なんて言いますけどね、僕の方が勝てませんよ。あんな馬鹿みたいに忙しい仕事、絶対続けられる気がしませんから」

「あ～……」

セイリールが本気で言っているのが伝わってくる。

だが私は知っているのだ。

今回、セイリールが見事に代わりを勤め上げたことを知ったクリフトン侯爵が、それこそとても悔しがっているということを。

宰相がいなくても相談役がいれば大丈夫だと皆が思い始めていることを知ったクリフトン侯爵は大荒れで、「私が何年も積み重ねてきた仕事をあっさりとこなして！　これだからあいつは嫌いなんだ！」と騒いでいるのだとフレイからは聞いている。

フレイは「荒れるくらいなら、さっさと仕事に復帰すれば良いのに」と呆れていた。

妊娠中の自分を気遣ってくれるのは嬉しいが、構われすぎて少々鬱陶しいらしい。

フレイはわりとサバサバした性格なので、余計にそう思うのだろう。

「……うん、私はどっちもどっちだと思うわ」

フレイからの手紙に書いてあったことを思い出しながら言うと、セイリールは「そうですか?」と怪訝な顔をしてきた。そうしてため息を吐き、告げる。

「そんなことないと思いますけどね。まあ、どちらにせよ僕に城勤めは向いていないと今回のことでよく分かりました。……はあ。もうずっと君とふたりで屋敷に篭もっていたいですよ」

「気持ちは分からなくもないけど、さすがにそれは無理だと思うわ」

代理を終えても相談役としての地位は残っているのだ。

セイリールがどれだけ優秀か皆に知れたということもあるし、今後も彼は引っ張りだこで、屋敷に篭もらせてなんて貰えないだろう。

「ま、仕方ないいんじゃない?」

「……勘弁してもらいたいですね」

うんざりとするセイリール。だけど私は、実は彼が皆に頼られるのをそう嫌がっていないことを知っているので、あまり可哀想だとは思わなかった。

終　章　ずっと側にいて

セイリールの出奔は、私が即座に迎えに行ったことで、わずか一日という短い期間で終了した。

だが国王には、セイリールが相当無理をしていたことが分かっていたようだ。

予想外にも、しばらく登城しなくてもいい。ゆっくり身体を休めて欲しいという有り難い言葉を貰うことができた。

彼がいない間、仕事はどうするのかと思ったが、なんとクリフトン侯爵が早くも復帰したそうだ。

自分が休んでいる間にセイリールが成果を上げ続けていたことがものすごく悔しかったらしく、フレイが少し突っついたところ、「し、仕方ありませんね。生まれてくる我が子のために働くことも大切ですから」と言い訳しながら、いそいそと登城の準備を始めたのだとか。

フレイとしてもひとりでのんびりする時間が欲しかったらしいから万々歳。

クリフトン侯爵は心配性で、散歩すら要監視の状態でしか行えなかったそうだ。

ようやく息が吐けると彼女からの手紙には書かれてあり、よほど厳重に守られていたのだなと思ったが、羨ましいとは全く思えなかった。

行きすぎた束縛は、いくら好きな相手でも嬉しくないのである。

ちなみに意気揚々と復帰したクリフトン侯爵は、城で早速爆発している模様である。

「ハア？　あの男、こんなことまでやってるんですか？　これ、再来年着工の話なんですけど？　は？　来月の使節団の迎えの準備も完璧じゃないですか……これ私が戻ってくる必要ありましたか!?　ああああああ！　もう！　だからセイリールは嫌いなんだ！　こうやって、自分がいかに有能かを結果で見せつけてくる!!」

こんな感じで、ギャアギャア騒いでいるらしい。

普段は冷徹な『氷の宰相』としての面しか見せないのに、セイリールが絡むとクリフトン侯爵は非常に情熱的な一面を見せる。

フレイが以前「ハイネはセイリールのことが大好きなの。たまに妬いてしまいそうになるわ」と言っていたが、ちょっとだけ理解できたと思った。

よくも悪くも、クリフトン侯爵のコンプレックスやプライドを刺激してしまう男。それがセイリールなのだ。

そのセイリールはといえば「ハイネはすごい男ですよ」と笑って言うものだから、ああ、なるほど、そりゃあクリフトン侯爵がキレるのも納得だと思ってしまうのだけれど。

自分が負けていると思っている相手からさらりと「君はすごいですね」と言われても全然嬉しくないだろう。まあ、分かる。

とにかくクリフトン侯爵が戻ったことで、セイリールが無理に頑張る必要はなくなった。

それは本当に良かったと思っているし、できれば今回みたいなことは二度と起こって欲しくないというのが本音である。

実はストレスに酷く弱いセイリールを、あまり得意ではない場所に長時間おきたくないのだ。

今まで通り「自由人」くらいに思われているのがちょうど良い。

◇◇◇

「ねえ」

「はい」

柔らかな声で返事がある。

午後の暖かな日差しの中、私たちは庭でのんびりと過ごしていた。

私はクッションを置いたガーデンチェアに寝転がり、セイリールは、先日使用人たちが吊したハンモックに埋もれている。

気を抜くと寝てしまいそうなくらいに穏やかな状況。

完全寛ぎモードの中、返事をしてくれたセイリールを見た。

「せっかくの休みなのに、本当に屋敷の中でのんびりするだけでいいの？　なんだったら出掛けても良いけど」

「必要ありませんよ。君と一緒にこうしているのが、一番安らぎますから」

「……そう」

声音に無理をしている様子は見られない。彼が本心から言っていることが伝わってきた。

「セイリールが良いのなら別に私は構わないんだけど。……うーん、でも本当に良いの？　毎日ダラダラしているだけよ、これ」

「それが最高なんじゃないですか」

楽しそうに笑い、セイリールがハンモックから身体を起こす。

「君が側にいてくれる以上に、僕が癒やされるものはありませんから。ね、最近気づいたことがあるんですよ。聞いてもらえます？」

「？　何？」

楽しげに話すセイリールの様子が気になり、私もガーデンチェアから身を起こした。

「もう起こりえない話ですけどね。だからもしもということで聞いて下さい」

「変な前置き。でも良いわ」

頷くと、セイリールは話を続けた。

「多分僕、フレイ様が迎えに来てくれても帰らなかっただろうなあって、そう思ったんですよ」

「？」

なんのことを言われているのか一瞬本気で分からなかった。戸惑う私に、セイリールが笑う。

「だから、迎えの話です。僕が山に消えるたび、君は迎えに来てくれたでしょう？」

「ええ。だってあなた、私が行かないと戻らないじゃない」

「そう、それなんですよね」

打って変わって真剣な顔になったセイリールが言う。

「僕、君以外の迎えで帰ろうなんて思えなかったんですよ。実際、父たちの使いが来た時は追い返していましたし」

「そうね。だからその都度、私が呼ばれたんだから」

「そうです。で、思ったんですよ。もし当時、フレイ様が迎えに来て下さっていたとしたら、僕は帰ったのかな、と」

何故そんな話にと訝しみながらも、思うところを正直に告げる。

「……当時ってことは、フレイが結婚する前の話よね？　うーん、好きな人が迎えに来てくれるんだもの。当然、帰る一択なんじゃない？」

それ以外ないだろう。だが、セイリールは否定した。

「帰らないな、と思いました」

「へ」

目を見張る。セイリールは困ったように目尻を下げている。

「いくら迎えに来てくれた方がフレイ様でも僕は帰らなかったと断言できます。『迎えに来てくれたことは嬉しいですが、気が済んだら戻りますから放っておいて下さい』と言いますね。一緒に帰るなんて選択肢はありません」

「……好きな人が来てくれたのに？」

信じられない思いでセイリールを見る。彼は苦い顔をしていた。

「そう言われても、そんな気分にならないんですよ。申し訳ないなという気持ちはありますけど。帰れと言われても、気持ちがしんどいままで帰る気にはなれません」

「……」

「僕が昔、フレイ様を好きだったのは本当です。でも当時でさえ、深入りされたいとは思わなかった。むしろ入ってきて欲しくなかった。君なら構わないと思えるのにね。馬鹿でしょう。こんなにも分かりやすく昔から君だけが特別だったのに、僕はフレイ様が好きだって思い込んでいたんですから、本当に馬鹿みたいだ……」

自嘲するように笑うセイリールに、私は戸惑いながらも正直なところを告げた。

「ええっと。馬鹿というか……あなたの場合、すこぶる鈍いだけなんだと思う」

「……否定できません」

「でしょ。……私はずっと側にいたのに、気づかないんだから」

ハッとする。思わず出た言葉は、少し拗ねたような言い方になってしまった。

セイリールがハンモックから降り、私の方へ歩いてくる。

なんとなく私も立ち上がる。セイリールは側に来ると、私の身体を抱きしめた。

「鈍くてすみません。でも、もう間違えませんから。これからもずっと側にいて下さい。君がいないと、もう僕は息をすることすら苦しいんです」

力強く抱きしめられ、私もまた彼の背に両手を回した。

「……私のこと、好き?」

「もちろん。愛していますよ、誰よりも」

求めうる最上の答えを聞き、彼の腕の中でにっこりと笑った。

それならいい。それなら全てを許そうではないか。

私が欲しいものをくれるのなら、私はいつだって彼に全てを差し出す用意があるのだから。

私は顔を上げ、セイリールの黒く美しい瞳を見つめながら口を開いた。

言うべき答えはひとつだけ。それを迷いなく彼に告げる。

「――いいわ。ずっと側にいてあげる。だって、私もあなたを愛しているんだもの」

私の返答を聞いたセイリールが満足げに微笑む。

そうして「愛しています、僕のたったひとりの君」と言いながら、実に恭《うやうや》しく私の唇に口づけを落としたのだった。

あとがき

こんにちは、月神《つきがみ》サキです。

新作をお手に取っていただき、ありがとうございます。

今回は『その溺愛は不意打ちです！　冷徹眼鏡宰相は気ままな王女がすごい好き⁉』のスピンオフ作品となっております。

こちら一作だけでもお読みいただけますが、前作を知っていると、より一層楽しんでいただけること間違いなし。

今作、セイリールと前作のヒーローであるハイネのやり取りが、書いていて非常に楽しかったです！

このふたりだけで話が一本作れるのではないかと思うくらい好きでした。

新旧ヒロインの掛け合いもお気に入りシーンのひとつです。

今回、わりとがっつり旧作のキャラを出しましたが、喜んで貰えれば嬉しいです。

私はスピンオフを書くのなら、前作キャラもしっかり絡めていきたい派なのですよ。

スピンオフ作品ということですので、イラストレーター様は前作同様、駒田《こまだ》ハチ先生となっております。

カバーは前作と対になっているかのような構図で、いただいた時はテンションが上がりました。

前作ではヒーローがヒロインの上に覆い被さっているのですが、今作は逆なんですよね。そして昼と夜。

ヒーローであるセイリールの表情も雰囲気があってとても好きだし、何よりヒロインのポニテがめちゃくちゃ可愛い。カバーも挿絵も全てが眼福です。

駒田先生、今回も素晴らしいイラストをありがとうございました。

最後になりましたが、この作品に関わって下さった全ての皆様に感謝を。

ありがとうございます。皆様のおかげで、今も楽しく書けております。

ではまた。次の作品でお目に掛かれますように。

２０２３年３月　月神サキ

この独《どく》占《せん》欲《よく》は想《そう》定《てい》外《がい》です!?

ティアラ文庫をお買いあげいただき、ありがとうございます。
この作品を読んでのご意見·ご感想をお待ちしております。

✦ ファンレターの宛先 ✦
〒102-0072　東京都千代田区飯田橋3-3-1
プランタン出版　ティアラ文庫編集部気付
月神サキ先生係／駒田ハチ先生係

ティアラ文庫Webサイト
https://tiara.l-ecrin.jp/

著者——月神サキ（つきがみ さき）
挿絵——駒田ハチ（こまだ はち）
発行——プランタン出版
発売——フランス書院
〒102-0072　東京都千代田区飯田橋3-3-1
電話(営業)03-5226-5744
(編集)03-5226-5742
印刷——誠宏印刷
製本——若林製本工場

ISBN978-4-8296-6980-8 C0193